ARENA KINDERBUCH-KLASSIKER

Der Herausgeber

Friedrich Stephan,
geboren 1944, ist Lehrer für Englisch und Latein und Lehrerausbilder für Englisch im Ruhestand. Er betreut die von seiner verstorbenen Frau Freya Stephan-Kühn begründete umfangreiche historische Kinderbuchsammlung Stephan-Kühn, in der sich viele deutsche und internationale Kinderbuchklassiker befinden. Für die Reihe der ARENA-Kinderbuchklassiker hat er mehrere englische Texte neu ins Deutsche übersetzt, andere gekürzt und bearbeitet. Darüber hinaus hat er sich lange Jahre im Bundeswettbewerb Fremdsprachen engagiert und ist passionierter Großvater.

Brüder Grimm – Andersen – Hauff –
und viele andere

Die schönsten Märchen

Mit Bildern von

Hans G. Schellenberger

Arena

FSC®
www.fsc.org
MIX
Papier aus verantwortungsvollen Quellen
FSC® C110508

1. Auflage 2016

Herausgegeben von Friedrich Stephan
Vorwort: Andreas H. Schmachtl
Einbandillustration: Ulrike Barth-Musil
Innenillustrationen: Hans G. Schellenberger
Gesamtherstellung: Westermann Druck Zwickau GmbH
ISBN 978-3-401-60203-5

Besuche uns unter:
www.arena-verlag.de
www.twitter.com/arenaverlag
www.facebook.com/arenaverlagfans

Inhalt

Vorwort

von Andreas H. Schmachtl

Es war einmal …

In diesem Buch fangen nicht nur die Märchen, sondern auch das Vorwort fängt mit den drei magischen Worten an.

Es war einmal ein kleiner Junge. Nämlich ich.

Ich hatte damals eine Reihe Hörspiel-Schallplatten. Daran könnt ihr übrigens erkennen, wie ungeheuer lange das jetzt schon her ist. Aber das ist nicht so wichtig. Ihr müsst euch nur vorstellen, dass in meinem Regal unter anderem eine große Kiste mit mehreren Schallplatten darin stand. Sie hatte einen dunkelroten Rücken und in goldenen Buchstaben war darauf »Märchenschatz« zu lesen.

Märchenschatz! Schon das Wort klang ganz anders als die Abenteuer von Cowboys und Indianern, Räubern oder irgendwelchen Detektiven. Es klang nach tiefen Wäldern, schönen Schlössern, Prinzen, Hexen und Unmengen mehr oder weniger merkwürdiger Gestalten.

Die erste schaute mir schon von einer der großen Plattenhüllen entgegen. Nämlich ein riesenhafter Frosch.

Oh, ich mochte Frösche. Kröten und Molche auch. Das dürft ihr mir glauben. Immerhin verbrachte ich auf der Suche nach ihnen ganze Tage damit, durch die Tümpel, Gräben und Gärten der Nachbarschaft zu stromern. Meistens waren meine Hosen und Jacken anschließend, sagen wir mal, nicht mehr ganz fleckenfrei. Und sobald ich das Glas mit Kaulquappen, kleinen Fröschchen oder Kröten stolz nach Hause schleppte, seufzte meine Mutter: »Ach Andy, nicht schon wieder!«

Nur diesen riesenhaften Frosch auf der Plattenhülle fand ich, wie er so finster dreinblickte und die winzige Prinzessin hinter sich beinahe verdeckte, ziemlich unheimlich. Trotzdem hörte ich die Schallplatte gern und oft.

Zunächst einmal begann sie mit so wunderschöner Musik, dass ich nicht genug davon kriegen konnte. Wie ich später herausfand, stammte sie von Georg Friedrich Händel. Noch heute vergeht kaum ein Tag, an dem ich sie nicht höre. Die Musik natürlich – nicht die Schallplatte.

Und dann sagte der Sprecher, nachdem die Musik endete, mit seiner tiefen Erzählerstimme: »Der Froschkönig«.

Ich kann mich noch ziemlich gut daran erinnern, dass ich jedes Mal dachte: Toll, jetzt erzählt jemand ein Märchen. Und das war aus gleich mehreren Gründen etwas ganz Besonderes.

Denn ich kannte die Märchen natürlich. Und wenn ich sie auch nicht Wort für Wort auswendig mitsprechen konnte, wusste ich doch wenigstens, was geschehen würde. Alle wussten das. Meine älteren Brüder, meine Eltern und meine Oma, meine Freunde und ihre Familien, Lehrer und, ach, einfach alle kannten die Märchen. Sie wussten, dass Schneewittchen den vergifteten Apfel essen würde; dass es vorteilhaft war, Rumpelstilzchens Namen zu kennen; und dass man die Haustür besser nicht für den Wolf öffnete, wenn man eins der sieben Geißlein war.

So musste es eigentlich schon immer gewesen sein, überlegte ich. Immerhin spielten die Märchen ja samt und sonders in der guten alten Zeit. Also irgendwann, ihr wisst schon, früher.

Vermutlich erzählten die Leute schon damals an langen Winterabenden vor dem Kamin, im Gasthaus oder bei der Feldarbeit ihre Märchen einfach immer und immer wieder. Jede Gegend hatte dabei eigene Geschichten, Gestalten und Begebenheiten. An der Küste spielten Märchen natürlich am Strand oder auf offener See. Im Gebirge wurde man plötzlich tief in dunkle Schächte und Höhlen geführt. Und andernorts wiederum trieben sich Hexen oder Riesen in schier endlosen und sogar am helllichten Tage nachtschwarzen Wäldern herum. Es streiften noch Bären, Wölfe oder Räuberbanden umher. Dadurch konnte das Reisen wirklich gefährlich sein.

Seinerzeit gab es auch viele kleine Königreiche. Also auch jede Menge Könige, Königinnen, strahlende Prinzen und wählerische Prinzessinnen. Die wiederum brauchten natürlich zahlreiche prunkvolle Schlösser oder Burgen. Anderen ging es nicht so gut. Sie wohnten in winzigen Hütten mitten im Wald, hatten außer ein paar Beeren, Pilzen oder Rüben kaum etwas zu essen und gingen darum vermutlich regelmäßig mit knurrenden Bäuchen zu Bett. Alles in allem ist es also kein Wunder, dass die Menschen sich Geschichten über diese Dinge erzählten. Und bevor zum Beispiel die Brüder Grimm die Märchen aufschrieben, klangen sie womöglich nicht einmal bei jedem Erzählen gleich. Aber darauf kam es auch nicht an. Solange nur alle Schurken und Halunken am Ende ihre Strafe bekamen und auch der kleinste und scheinbar schwächste Knirps zum Helden werden konnte.

Denn auch das ist im wahrsten Sinne des Wortes märchenhaft: Es geht immer gerecht zu. Und ganz egal, wie schlimm es im Laufe eines Märchens auch aussehen mag, am Ende wird immer alles gut. Versprochen. Dafür sind unsere Märchen schließlich da. Hört also bitte nie auf, sie zu erzählen – und zu lesen.

Märchen der Brüder Jacob und Wilhelm Grimm

Aschenputtel

Einem reichen Manne, dem wurde seine Frau krank, und als sie fühlte, dass ihr Ende herankam, rief sie ihr einziges Töchterlein zu sich ans Bett und sprach: »Liebes Kind, bleibe fromm und gut, so wird dir der liebe Gott immer beistehen und ich will vom Himmel auf dich herabblicken und will um dich sein.« Darauf tat sie die Augen zu und verschied. Das Mädchen ging jeden Tag hinaus zu dem Grabe der Mutter und weinte und blieb fromm und gut. Als der Winter kam, deckte der Schnee ein weißes Tüchlein auf das Grab, und als die Sonne im Frühjahr es wieder herabgezogen hatte, nahm sich der Mann eine andere Frau.

Die Frau hatte zwei Töchter mit ins Haus gebracht, die schön und weiß von Angesicht waren, aber garstig und schwarz von Herzen. Da ging eine schlimme Zeit für das arme Stiefkind an. »Soll die dumme Gans bei uns in der Stube sitzen!«, sprachen sie. »Wer Brot essen will, muss es verdienen: Hinaus mit der Küchenmagd.« Sie nahmen ihm seine schönen Kleider weg, zogen ihm einen alten grauen

Kittel an und gaben ihm hölzerne Schuhe. »Seht einmal die stolze Prinzessin, wie sie geputzt ist!«, riefen sie, lachten und führten es in die Küche. Da musste es von Morgen bis Abend schwere Arbeit tun, früh vor Tag aufstehn, Wasser tragen, Feuer anmachen, kochen und waschen. Obendrein taten ihm die Schwestern alles ersinnliche Herzeleid an, verspotteten es und schütteten ihm die Erbsen und Linsen in die Asche, sodass es sitzen und sie wieder auslesen musste. Abends, wenn es sich müde gearbeitet hatte, kam es in kein Bett, sondern musste sich neben den Herd in die Asche legen. Und weil es darum immer staubig und schmutzig aussah, nannten sie es *Aschenputtel.*

Es trug sich zu, dass der Vater einmal auf die Messe ziehen wollte, da fragte er die beiden Stieftöchter, was er ihnen mitbringen sollte. »Schöne Kleider«, sagte die eine, »Perlen und Edelsteine«, die zweite. – »Aber du, Aschenputtel«, sprach er, »was willst du haben?« – »Vater, das erste Reis, das Euch auf Eurem Heimweg an den Hut stößt, das brecht für mich ab.« Er kaufte nun für die beiden Stiefschwestern schöne Kleider, Perlen und Edelsteine und auf dem Rückweg, als er durch einen grünen Busch ritt, streifte ihn ein Haselreis und stieß ihm den Hut ab. Da brach er das Reis ab und nahm es mit. Als er nach Hause kam, gab er den Stieftöchtern, was sie sich gewünscht hatten, und dem Aschenputtel gab er das Reis von dem Haselbusch. Aschenputtel dankte ihm, ging zu seiner Mutter Grab und pflanzte das Reis darauf und weinte so sehr, dass die Tränen darauf niederfielen und es begossen. Es wuchs aber und ward ein schöner Baum. Aschenputtel ging alle Tage dreimal darunter, weinte und betete und allemal kam ein weißes Vögelein auf den Baum, und wenn es einen Wunsch aussprach, so warf ihm das Vöglein herab, was es sich gewünscht hatte.

Es begab sich aber, dass der König ein Fest anstellte, das drei Tage dauern sollte und zu dem alle schönen Jungfrauen im Lande eingeladen wurden, damit sich sein Sohn eine Braut aussuchen möchte. Die zwei Stiefschwestern, als sie hörten, dass sie auch dabei erscheinen sollten, waren guter Dinge, riefen Aschenputtel und sprachen: »Kämm uns die Haare, bürste uns die Schuhe und mache uns die Schnallen fest, wir gehen zur Hochzeit auf des Königs Schloss.« Aschenputtel gehorchte, weinte aber, weil es auch gern zum Tanz mitgegangen wäre, und bat die Stiefmutter, sie möchte es ihm erlauben. »Du, Aschenputtel«, sprach sie, »bist voll Staub und Schmutz und willst zur Hochzeit? Du hast keine Kleider und Schuhe und willst tanzen!« Als es aber mit Bitten anhielt, sprach sie endlich: »Da habe ich dir eine Schüssel Linsen in die Asche geschüttet, wenn du die Linsen in zwei Stunden wieder aufgelesen hast, so sollst du mitgehen.« Das Mädchen ging durch die Hintertür nach dem Garten und rief: »Ihr zahmen Täubchen, ihr Turteltäubchen, all ihr Vöglein unter dem Himmel, kommt und helft mir lesen,

die guten ins Töpfchen,
die schlechten ins Kröpfchen.«

Da kamen zum Küchenfenster zwei weiße Täubchen herein und danach die Turteltäubchen und endlich schwirrten und schwärmten alle Vöglein unter dem Himmel herein und ließen sich um die Asche nieder. Und die Täubchen nickten mit den Köpfchen und fingen an, pick, pick, pick, pick, und lasen alle guten Körnlein in die Schüssel. Kaum war eine Stunde herum, so waren sie schon fertig und flogen alle wieder hinaus. Da brachte das Mädchen die Schüssel der Stiefmutter, freute sich und glaubte, es dürfte nun mit auf die Hochzeit gehen. Aber sie sprach: »Nein, Aschenputtel, du hast keine Kleider und kannst nicht tanzen: Du wirst nur ausgelacht.« Als es nun weinte, sprach sie: »Wenn du mir zwei Schüsseln mit Linsen in einer Stunde aus der Asche rein lesen kannst, so sollst du mitgehen«, und dachte: Das kann es ja nimmermehr. Als sie die zwei Schüsseln Linsen in die Asche geschüttet hatte, ging das Mädchen durch die Hintertür nach dem Garten und rief: »Ihr zahmen Täubchen, ihr Turteltäubchen, all ihr Vöglein unter dem Himmel, kommt und helft mir lesen,

die guten ins Töpfchen,
die schlechten ins Kröpfchen.«

Da kamen zum Küchenfenster zwei weiße Täubchen herein und danach die Turteltäubchen und endlich schwirrten und schwärmten alle Vögel unter dem Himmel herein und ließen sich um die Asche nieder. Und die Täubchen nickten mit ihren Köpfchen und fingen an, pick, pick, pick, pick, und da fingen die übrigen auch an, pick, pick, pick, pick, und lasen alle guten Körner in die Schüssel. Und ehe eine halbe Stunde herum war, waren sie schon fertig und flogen alle wieder hinaus. Da trug das Mädchen die Schüsseln zu der Stiefmutter, freute sich und glaubte, nun dürfte es mit auf die Hochzeit gehen. Aber sie sprach: »Es hilft dir alles nichts: Du kommst nicht mit, denn du hast keine Kleider und kannst nicht tanzen; wir müssten uns deiner schämen.« Darauf kehrte sie ihm den Rücken zu und eilte mit ihren zwei stolzen Töchtern fort.

Als nun niemand mehr daheim war, ging Aschenputtel zu seiner Mutter Grab unter den Haselbaum und rief:

»Bäumchen, rüttel dich und schüttel dich,
wirf Gold und Silber über mich.«

Da warf ihm der Vogel ein golden und silbern Kleid herunter und mit Seide und Silber ausgestickte Pantoffeln. In aller Eile zog es das Kleid an und ging zur Hochzeit. Seine Schwestern aber und die Stiefmutter kannten es nicht und meinten, es müsse eine fremde Königstochter sein, so schön sah es in dem goldenen Kleide aus. An Aschenputtel dachten sie gar nicht und dachten, es säße daheim im Schmutz und suchte die Linsen aus der Asche. Der Königssohn kam ihm entgegen, nahm es bei der Hand und tanzte mit ihm. Er wollte auch sonst mit niemand tanzen, also dass er ihm die Hand nicht losließ, und wenn ein anderer kam, es aufzufordern, sprach er: »Das ist meine Tänzerin.«

Es tanzte, bis es Abend war, da wollte es nach Haus gehen. Der Königssohn aber sprach: »Ich gehe mit und begleite dich«, denn er wollte sehen, wem das schöne Mädchen angehörte. Sie entwischte ihm aber und sprang in das Taubenhaus. Nun wartete der Königssohn, bis der Vater kam, und sagte ihm, das fremde Mädchen wär in das Taubenhaus gesprungen. Der Alte dachte: Sollte es Aschenputtel sein?, und sie mussten ihm Axt und Hacken bringen, damit er das Taubenhaus entzweischlagen konnte: Aber es war niemand darin. Und als sie ins Haus kamen, lag Aschenputtel in seinen schmutzigen Kleidern in der Asche und ein trübes Öllämpchen brannte im Schornstein; denn Aschenputtel war geschwind aus dem Taubenhaus hinten herabgesprungen und zu dem Haselbäumchen gelaufen: Da hatte es die schönen Kleider abgezogen und aufs Grab gelegt und der Vogel hatte sie wieder weggenommen und dann hatte es sich in seinem grauen Kittelchen in die Küche zur Asche gesetzt. Am andern Tag, als das Fest von Neuem anhub und die Eltern und Stiefschwestern wieder fort waren, ging Aschenputtel zu dem Haselbaum und sprach:

»Bäumchen, rüttel dich und schüttel dich,
wirf Gold und Silber über mich.«

Da warf der Vogel ein noch viel stolzeres Kleid herab als am vorigen Tag. Und als es mit diesem Kleide auf der Hochzeit erschien, erstaunte jedermann über seine Schönheit. Der Königssohn aber hatte gewartet, bis es kam, nahm es gleich bei der Hand und tanzte nur allein mit ihm. Wenn die andern kamen und es aufforderten, sprach er: »Das ist meine Tänzerin.« Als es nun Abend war, wollte es fort und der Königssohn ging ihm nach und wollte sehen, in welches Haus es ging: Aber es sprang ihm fort und in den Garten hinter dem Haus. Darin stand ein schöner, großer Baum, an dem die herrlichsten Birnen hingen, es kletterte so behänd wie ein Eichhörnchen zwischen die Äste und der Königssohn wusste nicht, wo es hingekommen war. Er wartete aber, bis der Vater kam, und sprach zu ihm: »Das fremde Mädchen ist mir entwischt und ich glaube, es ist auf den Birnbaum gesprungen.« Der Vater dachte: Sollte es Aschenputtel gewesen sein?, ließ sich die Axt holen und hieb den Baum um, aber es war niemand darauf. Und als sie in die Küche kamen, lag Aschenputtel da in der Asche, wie sonst auch, denn es war auf der andern Seite des Baums herabgesprungen, hatte dem Vogel auf dem Haselbäumchen die schönen Kleider wiedergebracht und sein graues Kittelchen angezogen.

Am dritten Tag, als die Eltern und Schwestern fort waren, ging Aschenputtel wieder zu seiner Mutter Grab und sprach zu dem Bäumchen:

»Bäumchen, rüttel dich und schüttel dich,
wirf Gold und Silber über mich.«

Nun warf ihm der Vogel ein Kleid herab, das war so prächtig und glänzend, wie es noch keins gehabt hatte, und die Pantoffeln waren ganz golden. Als es in dem Kleid zu der Hochzeit kam, wussten sie alle nicht, was sie vor Verwunderung sagen sollten. Der Königssohn tanzte ganz allein mit ihm, und wenn es einer aufforderte, sprach er: »Das ist meine Tänzerin.«

Als es nun Abend war, wollte Aschenputtel fort und der Königssohn wollte es begleiten, aber es entsprang ihm so geschwind, dass er nicht folgen konnte. Der Königssohn hatte aber eine List gebraucht und die ganze Treppe mit Pech bestreichen lassen: Da war, als es hinabsprang, der linke Pantoffel des Mädchens hängen geblieben. Der Königssohn hob ihn auf und er war klein und zierlich und ganz golden. Am nächsten Morgen ging er damit zu dem Mann und sagte zu ihm: »Keine andere soll meine Gemahlin werden als die, an deren Fuß dieser goldene Schuh passt.« Da freuten sich die beiden Schwestern, denn sie hatten schöne Füße. Die älteste ging mit dem Schuh in die Kammer und wollte ihn anprobieren und die Mutter stand dabei. Aber sie konnte mit der großen Zehe nicht hineinkommen und der Schuh war ihr zu klein, da reichte ihr die Mutter ein Messer und sprach: »Hau die Zehe ab: Wenn du Königin bist, so brauchst du nicht mehr zu Fuß zu gehen.« Das Mädchen hieb die Zehe ab, zwängte den Fuß in den Schuh, verbiss den Schmerz und ging hinaus zum Königssohn. Da nahm er sie als seine Braut aufs Pferd und ritt mit ihr fort. Sie mussten aber an dem Grabe vorbei, da saßen die zwei Täubchen auf dem Haselbäumchen und riefen:

»Rucke di guck, rucke di guck,
Blut ist im Schuck [Schuh]:
Der Schuck ist zu klein,
die rechte Braut sitzt noch daheim.«

Da blickte er auf ihren Fuß und sah, wie das Blut herausquoll. Er wendete sein Pferd um, brachte die falsche Braut wieder nach Hause und sagte, das wäre nicht die rechte, die andere Schwester solle den Schuh anziehen. Da ging diese in die Kammer und kam mit den Zehen glücklich in den Schuh, aber die Ferse war zu groß. Da reichte ihr die Mutter ein Messer und sprach: »Hau ein Stück von der Ferse ab: Wenn du Königin bist, brauchst du nicht mehr zu Fuß zu gehen.« Das Mädchen hieb ein Stück von der Ferse ab, zwängte den Fuß in den Schuh, verbiss den Schmerz und ging hinaus zum Königssohn. Da nahm er sie als Braut aufs Pferd und ritt mit ihr fort. Als sie an dem Haselbäumchen vorbeikamen, saßen die zwei Täubchen darauf und riefen:

»Rucke di guck, rucke di guck,
Blut ist im Schuck [Schuh]:
Der Schuck ist zu klein,
die rechte Braut sitzt noch daheim.«

Er blickte nieder auf ihren Fuß und sah, wie das Blut aus dem Schuh quoll und an den weißen Strümpfen ganz rot heraufgestiegen war. Da wendete er sein Pferd und brachte die falsche Braut wieder nach Hause. »Das ist auch nicht die rechte«, sprach er. »Habt ihr keine andere Tochter?« – »Nein«, sagte der Mann, »nur von meiner verstorbenen Frau ist noch ein kleines, verbuttetes [verkümmertes] Aschenputtel da: Das kann unmöglich die Braut sein.« Der Königssohn sprach, er sollte es heraufschicken, die Mutter aber antwortete: »Ach nein, das ist viel zu schmutzig, das darf sich nicht sehen lassen.« Er wollte es aber durchaus haben und Aschenputtel musste gerufen werden. Da wusch es sich erst Hände und Angesicht rein, ging dann hin und neigte sich vor dem Königssohn, der ihm den goldenen Schuh reichte. Dann setzte es sich auf einen Schemel, zog den Fuß aus dem schweren Holzschuh und steckte ihn in den Pantoffel, der war wie angegossen. Und als es sich in die Höhe richtete und der König ihm ins Gesicht sah, so erkannte er das schöne Mädchen, das mit ihm getanzt hatte, und rief: »Das ist die rechte Braut.« Die Stiefmutter und die beiden Schwestern erschraken und wurden bleich vor Ärger. Er aber nahm Aschenputtel aufs Pferd und ritt mit ihm fort. Als sie an dem Haselbäumchen vorbeikamen, riefen die zwei weißen Täubchen:

»Rucke di guck, rucke di guck,
kein Blut im Schuck [Schuh]:
Der Schuck ist nicht zu klein,
die rechte Braut, die führt er heim.«

Und als sie das gerufen hatten, kamen sie beide herabgeflogen und setzten sich dem Aschenputtel auf die Schultern, eine rechts, die andere links, und blieben da sitzen. Als die Hochzeit mit dem Königssohn sollte gehalten werden, kamen die falschen Schwestern, wollten sich einschmeicheln und teil an seinem Glück nehmen. Als die Brautleute nun zur Kirche gingen, war die älteste zur rechten, die jüngste zur linken Seite: Da pickten die Tauben einer jeden das eine Auge aus. Hernach, als sie herausgingen, war die älteste zur linken und die jüngste zur rechten: Da pickten die Tauben einer jeden das andere Auge aus. Und waren sie also für ihre Bosheit und Falschheit mit Blindheit auf ihr Lebtag gestraft.

Brüderchen und Schwesterchen

Brüderchen nahm sein Schwesterchen an die Hand und sprach: »Seit die Mutter tot ist, haben wir keine gute Stunde mehr; die Stiefmutter schlägt uns alle Tage, und wenn wir zu ihr kommen, stößt sie uns mit den Füßen fort. Die harten Brotkrusten, die übrig bleiben, sind unsere Speise und dem Hündlein unter dem Tisch geht's besser: Dem wirft sie doch manchmal einen guten Bissen zu. Dass Gott erbarm, wenn das unsere Mutter wüsste! Komm, wir wollen miteinander in die weite Welt gehen.« Sie gingen den ganzen Tag über Wiesen, Felder und Steine, und wenn es regnete, sprach das Schwesterchen: »Gott und unsere Herzen, die weinen zusammen!« Abends kamen sie in einen großen Wald und waren so müde von Jammer, Hunger und dem langen Weg, dass sie sich in einen hohlen Baum setzten und einschliefen.

Am andern Morgen, als sie aufwachten, stand die Sonne schon hoch am Himmel und schien heiß in den Baum hinein. Da sprach das Brüderchen: »Schwesterchen, mich dürstet, wenn ich ein Brünnlein wüsste, ich ging und tränk einmal; ich mein, ich hört eins rauschen.«

Brüderchen stand auf, nahm Schwesterchen an der Hand und sie wollten das Brünnlein suchen. Die böse Stiefmutter aber war eine Hexe und hatte wohl gesehen, dass die beiden Kinder fortgegangen waren, war ihnen nachgeschlichen, heimlich, wie die Hexen schleichen, und hatte alle Brunnen im Walde verwünscht.

Als sie nun ein Brünnlein fanden, das so glitzerig über die Steine sprang, wollte das Brüderchen daraus trinken: Aber das Schwesterchen hörte, wie es im Rauschen sprach: »Wer aus mir trinkt, wird ein Tiger, wer aus mir trinkt, wird ein Tiger.«

Da rief das Schwesterchen: »Ich bitte dich, Brüderchen, trink nicht, sonst wirst du ein wildes Tier und zerreißest mich.«

Das Brüderchen trank nicht, ob es gleich so großen Durst hatte, und sprach: »Ich will warten bis zur nächsten Quelle.«

Als sie zum zweiten Brünnlein kamen, hörte das Schwesterchen, wie auch dieses sprach: »Wer aus mir trinkt, wird ein Wolf, wer aus mir trinkt, wird ein Wolf!«

Da rief das Schwesterchen: »Brüderchen, ich bitte dich, trink nicht, sonst wirst du ein Wolf und frissest mich.«

Das Brüderchen trank nicht und sprach: »Ich will warten, bis wir zur nächsten Quelle kommen, aber dann muss ich trinken, du magst sagen, was du willst: Mein Durst ist gar zu groß.«

Und als sie zum dritten Brünnlein kamen, hörte das

Schwesterchen, wie es im Rauschen sprach: »Wer aus mir trinkt, wird ein Reh, wer aus mir trinkt, wird ein Reh.«

Das Schwesterchen sprach: »Ach, Brüderchen, ich bitte dich, trink nicht, sonst wirst du ein Reh und läufst mir fort.«

Aber das Brüderchen hatte sich gleich beim Brünnlein niedergekniet, hinabgebeugt und von dem Wasser getrunken, und wie die ersten Tropfen auf seine Lippen gekommen waren, lag es da als ein Rehkälbchen.

Nun weinte das Schwesterchen über das arme, verwünschte Brüderchen und das Rehchen weinte auch und saß so traurig neben ihm. Da sprach das Mädchen endlich: »Sei still, liebes Rehchen, ich will dich ja nimmermehr verlassen.« Dann band es sein goldenes Strumpfband ab und tat es dem Rehchen um den Hals und rupfte Binsen und flocht ein weiches Seil daraus. Daran band es das Tierchen und führte es weiter und ging immer tiefer in den Wald hinein. Und als sie lange, lange gegangen waren, kamen sie endlich an ein kleines Haus und das Mädchen schaute hinein, und weil es leer war, dachte es: Hier können wir bleiben und wohnen. Da suchte es dem Rehchen Laub und Moos zu einem weichen Lager und jeden Morgen ging es aus und sammelte sich Wurzeln, Beeren und Nüsse und für das Rehchen brachte es zartes Gras mit, das fraß es ihm aus der Hand, war vergnügt und spielte vor ihm herum. Abends, wenn Schwesterchen müde war und sein Gebet gesagt hatte, legte es seinen Kopf auf den Rücken des Rehkälbchens, das war sein Kissen, darauf es sanft einschlief. Und hätte das Brüderchen nur seine menschliche Gestalt gehabt, es wäre ein herrliches Leben gewesen.

Das dauerte eine Zeit lang, dass sie so allein in der Wildnis waren. Es trug sich aber zu, dass der König des Landes eine große Jagd in dem Wald hielt. Da schallte das Hörnerblasen, Hundegebell und das lustige Geschrei der Jäger durch die Bäume und das Rehlein hörte es und wäre gar zu gerne dabei gewesen. »Ach«, sprach es zum Schwesterlein, »lass mich hinaus in die Jagd, ich kann's nicht länger mehr aushalten«, und bat so lange, bis es einwilligte.

»Aber«, sprach es zu ihm, »komm mir ja abends wieder, vor den wilden Jägern schließ ich mein Türlein; und damit ich dich kenne, so klopf und sprich: ›Mein Schwesterlein, lass mich herein.‹ Und wenn du nicht so sprichst, so schließ ich mein Türlein nicht auf.« Nun sprang das Rehchen hinaus und es war ihm so wohl und es war so lustig in freier Luft. Der König und seine Jäger sahen das schöne Tier und setzten ihm nach, aber sie konnten es nicht einholen, und wenn sie meinten, sie hätten es gewiss, da sprang es über das Gebüsch weg und war verschwunden. Als es dunkel ward, lief es zu dem Häuschen, klopfte und sprach: »Mein Schwesterlein, lass mich herein.« Da ward ihm die kleine Tür aufgetan, es sprang hinein und ruhte sich die ganze Nacht auf seinem weichen Lager aus.

Am andern Morgen ging die Jagd von Neuem an, und als das Rehlein wieder das Hifthorn hörte und das Hoho der Jäger, da hatte es keine Ruhe und sprach: »Schwesterchen, mach mir auf, ich muss hinaus.«

Das Schwesterchen öffnete ihm die Türe und sprach: »Aber zu Abend musst du wieder da sein und dein Sprüchlein sagen.« Als der König und seine Jäger das Rehlein mit dem goldenen Halsband wiedersahen, jagten sie ihm alle nach, aber es war ihnen zu schnell und behänd. Das währte den ganzen Tag, endlich aber hatten es die Jäger abends umzingelt und einer verwundete es ein wenig am Fuß, sodass es hinken musste und langsam fortlief. Da schlich ihm ein Jäger nach bis zu dem Häuschen und hörte, wie es rief: »Mein Schwesterlein, lass mich herein«, und sah, dass die Tür ihm aufgetan und alsbald wieder zugeschlossen ward. Der Jäger behielt das alles wohl im Sinn, ging zum König und erzählte ihm, was er gesehen und gehört hatte. Da sprach der König: »Morgen soll noch einmal gejagt werden.«

Das Schwesterchen aber erschrak gewaltig, als es sah, dass sein Rehkälbchen verwundet war. Es wusch ihm das Blut ab, legte Kräuter auf und sprach: »Geh auf dein Lager, lieb Rehchen, dass du wieder heil wirst.« Die Wunde aber war so gering, dass das Rehchen am Morgen nichts mehr davon spürte. Und als es die Jagdlust wieder draußen hörte, sprach es: »Ich kann's nicht aushalten, ich muss dabei sein; so bald soll mich keiner kriegen.« Das Schwesterchen weinte und sprach: »Nun werden sie dich töten und ich bin hier allein im Wald und verlassen von aller Welt: Ich lass dich nicht hinaus.«

»So sterb ich dir hier vor Betrübnis«, antwortete das Rehchen, »wenn ich das Hifthorn höre, so mein ich, ich müsste aus den Schuhen springen!«

Da konnte das Schwesterchen nicht anders und schloss ihm mit schwerem Herzen die Tür auf und das Rehchen sprang gesund und fröhlich in den Wald.

Als es der König erblickte, sprach er zu seinen Jägern: »Nun jagt ihm nach den ganzen Tag bis in die Nacht, aber dass ihm keiner etwas zuleide tut.« Sobald die Sonne untergegangen war, sprach der König zum Jäger: »Nun komm und zeige mir das Waldhäuschen.« Und als er vor dem Türlein war, klopfte er an und rief: »Lieb Schwesterlein, lass mich herein.« Da ging die Tür auf und der König trat hinein und da stand ein Mädchen, das war so schön, wie er noch keins gesehen hatte. Das Mädchen erschrak, als es sah, dass nicht das Rehlein, sondern ein Mann hereinkam, der eine goldene Krone auf dem Haupt hatte. Aber der König sah es freundlich an, reichte ihm die Hand und sprach: »Willst du mit mir gehen auf mein Schloss und meine liebe Frau sein?«

»Ach ja«, antwortete das Mädchen, »aber das Rehchen muss auch mit, das verlass ich nicht.« Sprach der König: »Es soll bei dir bleiben, solange du lebst, und soll ihm an nichts fehlen.« Indem kam es hereingesprungen, da band es das Schwesterchen wieder an das Binsenseil, nahm es selbst in die Hand und ging mit ihm aus dem Waldhäuschen fort.

Der König nahm das schöne Mädchen auf sein Pferd und führte es in sein Schloss, wo die Hochzeit mit großer Pracht gefeiert wurde, und es war nun die Frau Königin und sie lebten lange Zeit vergnügt zusammen; das Rehlein ward gehegt und gepflegt und sprang in dem Schlossgarten herum. Die böse Stiefmutter aber, um derentwillen die Kinder in die Welt hineingegangen waren, die meinte nicht anders, als Schwesterchen wäre von den wilden Tieren im

Wald zerrissen worden und Brüderchen als ein Rehkalb von den Jägern totgeschossen. Als sie nun hörte, dass sie so glücklich waren und es ihnen so wohl ging, da wurden Neid und Missgunst in ihrem Herzen rege und ließen ihr keine Ruhe und sie hatte keinen andern Gedanken, als wie sie die beiden doch noch ins Unglück bringen könnte. Ihre rechte Tochter, die hässlich war wie die Nacht und nur ein Auge hatte, die machte ihr Vorwürfe und sprach: »Eine Königin zu werden, das Glück hätte mir gebührt.«

»Sei nur still«, sagte die Alte und sprach sie zufrieden, »wenn's Zeit ist, will ich schon bei der Hand sein.« Als nun die Zeit herangerückt war und die Königin ein schönes Knäblein zur Welt gebracht hatte und der König gerade auf der Jagd war, nahm die alte Hexe die Gestalt der Kammerfrau an, trat in die Stube, wo die Königin lag, und sprach zu der Kranken: »Kommt, das Bad ist fertig, das wird Euch wohltun und frische Kräfte geben: Geschwind, eh es kalt wird.« Ihre Tochter war auch bei der Hand, sie trugen die schwache Königin in die Badstube und legten sie in die Wanne: Dann schlossen sie die Tür ab und liefen davon. In der Badstube aber hatten sie ein rechtes Höllenfeuer angemacht, dass die schöne, junge Königin bald ersticken musste.

Als das vollbracht war, nahm die Alte ihre Tochter, setzte ihr eine Haube auf und legte sie ins Bett an der Königin Stelle. Sie gab ihr auch die Gestalt und das Ansehen der Königin, nur das verlorene Auge konnte sie ihr nicht wiedergeben. Damit es aber der König nicht merkte, musste sie sich auf die Seite legen, wo sie kein Auge hatte. Am

Abend, als er heimkam und hörte, dass ihm ein Söhnlein geboren war, freute er sich herzlich und wollte ans Bett seiner lieben Frau gehen und sehen, was sie machte. Da rief die Alte geschwind: »Beileibe, lasst die Vorhänge zu, die Königin darf noch nicht ins Licht sehen und muss Ruhe haben.« Der König ging zurück und wusste nicht, dass eine falsche Königin im Bette lag.

Als es aber Mitternacht war und alles schlief, da sah die Kinderfrau, die in der Kinderstube neben der Wiege saß und allein noch wachte, dass die Türe aufging und die rechte Königin hereintrat. Sie nahm das Kind aus der Wiege, legte es in ihren Arm und gab ihm zu trinken. Dann schüttelte sie ihm sein Kisschen, legte es wieder hinein und deckte es mit dem Deckbettchen zu. Sie vergaß aber auch das Rehchen nicht, ging in die Ecke, wo es lag, und streichelte ihm über den Rücken. Darauf ging sie ganz stillschweigend wieder zur Türe hinaus und die Kinderfrau fragte am andern Morgen die Wächter, ob jemand während der Nacht ins Schloss gegangen wäre, aber sie antworteten: »Nein, wir haben niemand gesehen.« So kam sie viele Nächte und sprach niemals ein Wort dabei; die Kinderfrau sah sie immer, aber sie getraute sich nicht, jemand etwas davon zu sagen.

Als nun so eine Zeit verflossen war, da hub die Königin in der Nacht an zu reden und sprach:

»Was macht mein Kind? Was macht mein Reh?
Nun komm ich noch zweimal und dann nimmermehr.«

Die Kinderfrau antwortete ihr nicht, aber als sie wieder verschwunden war, ging sie zum König und erzählte ihm alles. Sprach der König: »Ach Gott, was ist das! Ich will in der nächsten Nacht bei dem Kinde wachen.« Abends ging er in die Kinderstube, aber um Mitternacht erschien die Königin wieder und sprach:

»Was macht mein Kind? Was macht mein Reh?
Nun komm ich noch einmal und dann nimmermehr.«

Und pflegte dann des Kindes, wie sie gewöhnlich tat, ehe sie verschwand. Der König getraute sich aber nicht, sie anzureden, aber er wachte auch in der folgenden Nacht. Sie sprach abermals:

»Was macht mein Kind? Was macht mein Reh?
Nun komm ich noch diesmal und dann nimmermehr.«

Da konnte sich der König nicht zurückhalten, sprang zu ihr und sprach: »Du kannst niemand anders sein als meine liebe Frau.« Da antwortete sie: »Ja, ich bin deine liebe Frau«, und hatte in dem Augenblick durch Gottes Gnade das Leben wiedererhalten, war frisch, rot und gesund. Darauf erzählte sie dem König den Frevel, den die böse Hexe und ihre Tochter an ihr verübt hatten. Der König ließ beide vor Gericht führen und es ward ihnen das Urteil gesprochen. Die Tochter ward in den Wald geführt, wo sie die wilden Tiere zerrissen, die Hexe aber ward ins Feuer gelegt und musste jammervoll verbrennen. Und wie sie zu Asche verbrannt war, verwandelte sich das Rehkälbchen und erhielt seine menschliche Gestalt zurück; Schwesterchen und Brüderchen aber lebten glücklich zusammen bis an ihr Ende.

Der Froschkönig oder der eiserne Heinrich

In den alten Zeiten, wo das Wünschen noch geholfen hat, lebte ein König, dessen Töchter waren alle schön, aber die jüngste war so schön, dass die Sonne selber, die doch so vieles gesehen hatte, sich verwunderte, sooft sie ihr ins Gesicht schien. Nahe bei dem Schlosse des Königs lag ein großer dunkler Wald und in dem Walde unter einer alten Linde war ein Brunnen: Wenn nun der Tag sehr heiß war, so ging das Königskind hinaus in den Wald und setzte sich an den Rand des kühlen Brunnens: Und wenn sie Langeweile hatte, so nahm sie eine goldene Kugel, warf sie in die Höhe und fing sie wieder; und das war ihr liebstes Spielwerk. Nun trug es sich einmal zu, dass die goldene Kugel der Königstochter nicht in ihr Händchen fiel, das sie in die Höhe gehalten hatte, sondern vorbei auf die Erde schlug und geradezu ins Wasser hineinrollte. Die Königstochter folgte ihr mit den Augen nach, aber die Kugel verschwand und der Brunnen war tief, so tief, dass man keinen Grund sah. Da fing sie an zu weinen und weinte immer lauter und konnte sich gar nicht trösten. Und wie sie so klagte, rief ihr jemand zu: »Was hast du vor, Königstochter, du schreist ja, dass sich ein Stein erbarmen möchte.« Sie sah sich um, woher die Stimme käme, da erblickte sie einen Frosch, der seinen dicken, hässlichen Kopf aus dem Wasser streckte. – »Ach, du bist's, alter Wasserpatscher«, sagte sie, »ich weine über meine goldene Kugel, die mir in den Brunnen hinabgefallen ist.« – »Sei still und weine nicht«, antwortete der Frosch, »ich kann wohl Rat schaffen, aber was gibst du mir, wenn ich dein Spielwerk wieder heraufhole?« – »Was du haben willst, lieber Frosch«, sagte sie, »meine Kleider, meine Perlen und Edelsteine, auch noch die goldene Krone, die ich trage.« Der Frosch antwortete: »Deine Kleider, deine Perlen und Edelsteine und deine goldene Krone, die mag ich nicht: aber wenn du mich lieb haben willst und ich soll dein Geselle und Spielkamerad sein, an deinem Tischlein neben dir sitzen, von deinem goldenen Tellerlein essen, aus deinem Becherlein trinken, in deinem Bettlein schlafen: Wenn du mir das versprichst, so will ich hinunterspringen und dir die goldene Kugel wieder heraufholen.« – »Ach ja«, sagte sie, »ich verspreche dir alles, was du willst, wenn du mir nur die Kugel wiederbringst.« Sie dachte aber: Was der einfältige Frosch schwätzt, der sitzt im Wasser bei seinesgleichen und quakt und kann keines Menschen Geselle sein.

Der Frosch, als er die Zusage erhalten hatte, tauchte seinen Kopf unter, sank hinab und über ein Weilchen kam er wieder heraufgerudert; hatte die Kugel im Maul und warf sie ins Gras. Die Königstochter war voll Freude, als sie ihr schönes Spielwerk wieder erblickte, hob es auf und sprang damit fort. »Warte, warte«, rief der Frosch, »nimm mich mit, ich kann nicht so laufen wie du.« Aber was half ihm, dass er ihr sein Quak-quak so laut nachschrie, als er konnte! Sie hörte nicht darauf, eilte nach Haus und hatte bald den armen Frosch vergessen, der wieder in seinen Brunnen hinabsteigen musste.

Am andern Tag, als sie mit dem König und allen Hofleuten sich zur Tafel gesetzt hatte und von ihrem goldenen Tellerlein aß, da kam, plitsch, platsch, plitsch, platsch, etwas die Marmortreppe heraufgekrochen, und als es oben angelangt war, klopfte es an die Tür und rief: »Königstochter, jüngste, mach mir auf.« Sie lief und wollte sehen, wer draußen wäre, als sie aber aufmachte, so saß der Frosch davor. Da warf sie die Tür hastig zu, setzte sich wieder an den Tisch und es war ihr ganz angst. Der König sah wohl, dass ihr das Herz gewaltig klopfte, und sprach: »Mein Kind, was fürchtest du dich, steht etwa ein Riese vor der Tür und will dich holen?« – »Ach nein«, antwortete sie, »es ist kein Riese, sondern ein garstiger Frosch.« – »Was will der Frosch von dir?« – »Ach, lieber Vater, als ich gestern im Wald bei dem Brunnen saß und spielte, da fiel meine goldene Kugel ins Wasser. Und weil ich so weinte, hat sie der Frosch wieder herausgeholt, und weil er es durchaus verlangte, so versprach ich ihm, er sollte mein Geselle werden, ich dachte aber nimmermehr, dass er aus seinem Wasser herauskönnte. Nun ist er draußen und will zu mir herein.« Indem klopfte es zum zweiten Mal und rief:

»Königstochter, jüngste,
mach mir auf,
weißt du nicht, was gestern
du zu mir gesagt
bei dem kühlen Brunnenwasser?
Königstochter, jüngste,
mach mir auf.«

Da sagte der König: »Was du versprochen hast, das musst du auch halten; geh nur und mach ihm auf.« Sie ging und öffnete die Türe, da hüpfte der Frosch herein, ihr immer auf dem Fuße nach, bis zu ihrem Stuhl. Da saß er und rief: »Heb mich herauf zu dir.« Sie zauderte, bis es endlich der König befahl. Als der Frosch erst auf dem Stuhl war, wollte er auf den Tisch, und als er da saß, sprach er: »Nun schieb mir dein goldenes Tellerlein näher, damit wir zusammen essen.« Das tat sie zwar, aber man sah wohl, dass sie's nicht gerne tat. Der Frosch ließ sich's gut schmecken, aber ihr blieb fast jedes Bisslein im Halse. Endlich sprach er: »Ich habe mich satt gegessen und bin müde, nun trag mich in dein Kämmerlein und mach dein seiden Bettlein zurecht, da wollen wir uns schlafen legen.« Die Königstochter fing an zu weinen und fürchtete sich vor dem kalten Frosch, den sie sich nicht anzurühren getraute und der nun in ihrem schönen, reinen Bettlein schlafen sollte. Der König aber ward zornig und sprach: »Wer dir geholfen hat, als du in der Not warst, den sollst du hernach nicht verachten.« Da packte sie ihn mit zwei Fingern, trug ihn hinauf und setzte ihn in eine Ecke. Als sie aber im Bette lag, kam er gekrochen und sprach: »Ich bin müde, ich will schlafen so gut wie du: Heb mich herauf oder ich sag's deinem Vater.« Da ward sie erst bitterböse, holte ihn herauf und warf ihn aus allen Kräften wider die Wand. »Nun wirst du Ruhe haben, du garstiger Frosch.«

Als er aber herabfiel, war er kein Frosch, sondern ein Königssohn mit schönen, freundlichen Augen. Der war nun nach ihres Vaters Willen ihr lieber Geselle und Gemahl. Da erzählte er ihr, er wäre von einer bösen Hexe verwünscht worden und niemand hätte ihn aus dem Brunnen erlösen können als sie allein und morgen wollten sie zusammen in sein Reich gehen. Dann schliefen sie ein und am andern Morgen, als die Sonne sie aufweckte, kam ein Wagen herangefahren, mit acht weißen Pferden bespannt, die hatten weiße Straußenfedern auf dem Kopf und gingen in goldenen Ketten und hinten stand der Diener des jungen Königs, das war der treue Heinrich. Der treue Heinrich hatte sich so betrübt, als sein Herr war in einen Frosch verwandelt worden, dass er drei eiserne Bande hatte um sein Herz legen lassen, damit es ihm nicht vor Weh und Traurigkeit zerspränge. Der Wagen aber sollte den jungen König in sein Reich abholen; der treue Heinrich hob beide hinein, stellte sich wieder hinten auf und war voller Freude über die Erlösung. Und als sie ein Stück Wegs gefahren waren, hörte der Königssohn, dass es hinter ihm krachte, als wäre etwas zerbrochen. Da drehte er sich um und rief:

»Heinrich, der Wagen bricht.«

»Nein, Herr, der Wagen nicht,
es ist ein Band von meinem Herzen,
das da lag in großen Schmerzen,

als Ihr in dem Brunnen saßt,

als Ihr eine Fetsche [Frosch] wast [wart].«

Noch einmal und noch einmal krachte es auf dem Weg und der Königssohn meinte immer, der Wagen bräche, und es waren doch nur die Bande, die vom Herzen des treuen Heinrich absprangen, weil sein Herr erlöst und glücklich war.

Der Hase und der Igel

Diese Geschichte ist eigentlich gelogen, Kinder, aber wahr ist sie doch, denn mein Großvater, von dem ich sie habe, pflegte immer, wenn er sie erzählte, zu sagen: »Wahr muss sie sein, mein Sohn, sonst könnte man sie ja nicht erzählen.« Die Geschichte hat sich so zugetragen. Es war an einem Sonntagmorgen im Herbst, gerade als der Buchweizen blühte; die Sonne war am Himmel aufgegangen und der Wind strich warm über die Stoppeln, die Lerchen sangen hoch in der Luft und die Bienen summten im Buchweizen. Die Leute gingen in ihrem Sonntagsstaat zur Kirche und alle Geschöpfe waren vergnügt, auch der Igel.

Er stand vor seiner Tür, hatte die Arme verschränkt, er guckte in den Morgenwind hinaus und trällerte ein kleines Liedchen vor sich hin, so gut und so schlecht wie am Sonntagmorgen ein Igel eben zu singen pflegt. Während er nun so vor sich hin sang, fiel ihm plötzlich ein, er könnte doch, während seine Frau die Kinder wusch und ankleidete, ein bisschen im Feld spazieren gehen und nachsehen, wie die

Steckrüben standen. Die Steckrüben waren ganz nah bei seinem Haus und er pflegte sie mit seiner Familie zu essen, darum sah er sie auch als die seinigen an.

Gedacht, getan. Er schloss die Haustür hinter sich und schlug den Weg zum Feld ein. Er war noch nicht sehr weit und wollte gerade um den Schlehenbusch herum, der vor dem Feld stand, als er den Hasen erblickte, der in ähnlichen Geschäften ausgegangen war, nämlich um seinen Kohl zu besehen. Als der Igel den Hasen sah, wünschte er ihm freundlich einen guten Morgen. Der Hase aber, der auf seine Weise ein vornehmer Herr war und grausam hochfahrend noch dazu, antwortete gar nicht auf des Igels Gruß, sondern sagte mit höhnischer Miene: »Wie kommt es, dass du hier schon so am frühen Morgen im Feld herumläufst?«

»Ich gehe spazieren«, sagte der Igel.

»Spazieren?«, lachte der Hase. »Du könntest deine Beine schon zu besseren Dingen gebrauchen.«

Diese Antwort verdross den Igel sehr. Alles kann er vertragen, aber auf seine Beine lässt er nichts kommen, gerade weil sie von Natur aus krumm sind.

»Du bildest dir wohl ein, du könntest mit deinen Beinen mehr ausrichten?«, sagte er.

»Das will ich meinen«, sagte der Hase.

»Nun, das kommt auf einen Versuch an«, meinte der Igel. »Ich wette, wenn wir um die Wette laufen, ich lauf schneller als du.« »Du – mit deinen krummen Beinen?«, sagte der Hase. »Das ist ja zum Lachen. Aber wenn du so große Lust hast – was gilt die Wette?«

»Einen Golddukaten und eine Flasche Branntwein«, sagte der Igel. »Angenommen«, antwortete der Hase, »schlag ein und dann kann es gleich losgehen.«

»Nein, so große Eile hat es nicht«, meinte der Igel, »ich hab noch gar nichts gegessen; erst will ich nach Hause gehen und ein bisschen was frühstücken. In einer Stunde bin ich wieder hier.«

Damit ging er und der Hase war es zufrieden. Unterwegs aber dachte der Igel bei sich: Der Hase verlässt sich auf seine langen Beine, aber ich will ihn schon kriegen. Er ist zwar ein vornehmer Herr, aber doch ein dummer Kerl, und das soll er bezahlen. Als er nun nach Hause kam, sagte er zu seiner Frau: »Frau, zieh dich rasch an, du musst mit mir ins Feld hinaus.«

»Was gibt es denn?«, fragte die Frau.

»Ich habe mit dem Hasen um einen Golddukaten und eine Flasche Branntwein gewettet, dass ich mit ihm um die Wette laufen will. Und da sollst du dabei sein.«

»Oh mein Gott, Mann«, begann die Frau loszuschreien, »hast du denn ganz den Verstand verloren? Wie willst du mit dem Hasen um die Wette laufen?«

»Halt das Maul, Weib«, sagte der Igel, »das ist meine Sache. Misch dich nicht in Männergeschäfte! Marsch, zieh dich an und komm mit!« Was sollte also die Frau des Igels tun? Sie musste gehorchen, ob sie wollte oder nicht.

Als sie miteinander unterwegs waren, sprach der Igel zu seiner Frau: »Nun pass auf, was ich dir sage. Dort auf dem langen Acker will ich unseren Wettlauf machen. Der Hase läuft in einer Furche und ich in der anderen und dort oben fangen wir an. Du hast nun weiter nichts zu tun, als dass du dich hier unten in die Furche stellst, und wenn der Hase in seiner Furche daherkommt, so rufst du ihm entgegen: ›Ich bin schon da!‹«

So kamen sie zu dem Acker, der Igel wies seiner Frau ihren Platz an und ging den Acker hinauf. Als er oben ankam, war der Hase schon da. »Kann es losgehen?«, fragte er.

»Jawohl«, erwiderte der Igel.

»Dann nur zu.« Damit stellte sich jeder in seine Furche. Der Hase zählte: »Eins, zwei, drei«, und los ging er wie ein Sturmwind den Acker hinunter. Der Igel aber lief nur etwa drei Schritte, dann duckte er sich in die Furche hinein und blieb ruhig sitzen. Und als der Hase im vollen Lauf am Ziel unten am Acker ankam, rief ihm die Frau des Igels entgegen: »Ich bin schon da!«

Der Hase war nicht wenig erstaunt, glaubte er doch nichts anderes, als dass er den Igel selbst vor sich hatte. Bekanntlich sieht die Frau Igel genauso aus wie ihr Mann. »Das geht nicht mit rechten Dingen zu«, rief er. »Noch einmal gelaufen, in die andere Richtung!« Und fort ging es wieder wie der Sturmwind, dass ihm die Ohren am Kopf flogen. Die Frau des Igels aber blieb ruhig an ihrem Platz sitzen, und als der Hase oben ankam, rief ihm der Herr Igel entgegen: »Ich bin schon da!«

Der Hase war ganz außer sich vor Ärger und schrie: »Noch einmal gelaufen, noch einmal herum!«

»Meinetwegen«, gab der Igel zurück. »Sooft du Lust hast.«

So lief der Hase dreiundsiebzig Mal und der Igel hielt

immer mit. Und jedes Mal, wenn der Hase oben oder unten am Ziel ankam, sagte der Igel oder seine Frau: »Ich bin schon da.«

Beim vierundsiebzigsten Male aber kam der Hase nicht mehr ans Ziel. Mitten auf dem Acker fiel er zu Boden, das Blut floss ihm aus der Nase und er blieb tot liegen. Der Igel aber nahm seinen gewonnenen Golddukaten und die Flasche Branntwein, rief seine Frau von ihrem Platz am Ende der Furche und vergnügt gingen beide nach Hause. Und wenn sie nicht gestorben sind, leben sie heute noch.

So geschah es, dass auf der Buxtehuder Heide der Igel den Hasen zu Tode gelaufen hatte, und seit jener Zeit hat kein Hase mehr gewagt mit dem Buxtehuder Igel um die Wette zu laufen.

Die Lehre aus dieser Geschichte aber ist erstens, dass sich keiner, und wenn er sich auch noch so vornehm dünkt, einfallen lassen soll, sich über einen kleinen Mann lustig zu machen, und wäre es auch nur ein Igel. Und zweitens, dass es gut ist, wenn einer heiratet, dass er sich eine Frau von seinem Stand nimmt, die gerade so aussieht wie er. Wer also ein Igel ist, der muss darauf sehen, dass auch seine Frau ein Igel ist.

Der Wolf und die sieben jungen Geißlein

Es war einmal eine alte Geiß, die hatte sieben junge Geißlein und hatte sie lieb, wie eine Mutter ihre Kinder lieb hat. Eines Tages wollte sie in den Wald gehen und Futter holen, da rief sie alle sieben herbei und sprach: »Liebe Kinder, ich will hinaus in den Wald, seid auf eurer Hut vor dem Wolf, wenn er hereinkommt, so frisst er euch alle mit Haut und Haar. Der Bösewicht verstellt sich oft, aber an seiner rauen Stimme und an seinen schwarzen Füßen werdet ihr ihn gleich erkennen.« Die Geißlein sagten: »Liebe Mutter, wir wollen uns schon in Acht nehmen, Ihr könnt ohne Sorge fortgehen.« Da meckerte die Alte und machte sich getrost auf den Weg.

Es dauerte nicht lange, so klopfte jemand an die Haustür und rief: »Macht auf, ihr lieben Kinder, eure Mutter ist da und hat jedem von euch etwas mitgebracht.« Aber die Geißerchen hörten an der rauen Stimme, dass es der Wolf war. »Wir machen nicht auf«, riefen sie, »du bist unsere Mutter nicht, die hat eine feine und liebliche Stimme, aber deine Stimme ist rau; du bist der Wolf.« Da ging der Wolf fort zu einem Krämer und kaufte sich ein großes Stück Kreide: Die aß er und machte damit seine Stimme fein. Dann kam er zurück, klopfte an die Haustür und rief: »Macht auf, ihr lieben Kinder, eure Mutter ist da und hat jedem von euch etwas mitgebracht.« Aber der Wolf hatte seine schwarze Pfote in das Fenster gelegt, das sahen die Kinder und riefen: »Wir machen nicht auf, unsere Mutter hat keinen schwarzen Fuß wie du: Du bist der Wolf.« Da lief der Wolf zu einem Bäcker und sprach: »Ich habe mich an den Fuß gestoßen, streich mir Teig darüber.« Und als ihm der Bäcker die Pfote bestrichen hatte, so lief er zum Müller und sprach: »Streu mir weißes Mehl auf meine Pfote.« Der Müller dachte: Der Wolf will einen betrügen, und weigerte sich, aber der Wolf sprach: »Wenn du es nicht tust, so fresse ich dich.« Da fürchtete sich der Müller und machte ihm die Pfote weiß. Ja, so sind die Menschen.

Nun ging der Bösewicht zum dritten Mal zu der Haustüre, klopfte an und sprach: »Macht mir auf, Kinder, euer liebes Mütterchen ist heimgekommen und hat jedem von euch etwas aus dem Walde mitgebracht.« Die Geißerchen riefen: »Zeig uns erst deine Pfote, damit wir wissen, dass du unser liebes Mütterchen bist.« Da legte er die Pfote ins Fenster, und als sie sahen, dass sie weiß war, so glaubten sie, es wäre alles wahr, was er sagte, und machten die Türe auf. Wer aber hereinkam, das war der Wolf. Sie erschraken und wollten sich verstecken. Das eine sprang unter den Tisch, das zweite ins Bett, das dritte in den Ofen, das vierte in die Küche, das fünfte in den Schrank, das sechste unter die Waschschüssel, das siebente in den Kasten der Wanduhr. Aber der Wolf fand sie alle und machte nicht lange Federlesen: Eins nach dem andern schluckte er in seinen Rachen; nur das jüngste in dem Uhrkasten, das fand er nicht. Da trollte er sich fort, legte sich draußen auf der grünen Wiese unter einen Baum und fing an zu schlafen.

Nicht lange danach kam die alte Geiß aus dem Walde wieder heim. Ach, was musste sie da erblicken! Die Haustüre stand sperrangelweit auf: Tisch, Stühle und Bänke waren umgeworfen, die Waschschüssel lag in Scherben, Decke und Kissen waren aus dem Bett gezogen. Sie suchte ihre Kinder, aber nirgends waren sie zu finden. Sie rief sie nacheinander mit Namen, aber niemand antwortete. Endlich, als sie an das jüngste kam, da rief eine feine Stimme: »Liebe Mutter, ich stecke im Uhrkasten.« Sie holte es heraus und es erzählte ihr, dass der Wolf gekommen wäre und die andern alle gefressen hätte. Da könnt ihr denken, wie sie über ihre armen Kinder geweint hat.

Endlich ging sie in ihrem Jammer hinaus und das jüngste Geißlein lief mit. Als sie auf die Wiese kam, so lag da der Wolf an dem Baum und schnarchte, dass die Äste zitterten. Sie betrachtete ihn von allen Seiten und sah, dass in seinem angefüllten Bauch sich etwas regte und zappelte. Ach Gott, dachte sie, sollten meine armen Kinder, die er zum Abendbrot hinuntergewürgt hat, noch am Leben sein? Da musste das Geißlein nach Haus laufen und Schere, Nadel und Zwirn holen. Dann schnitt sie dem Ungetüm den Wanst auf, und kaum hatte sie einen Schnitt getan, so streckte schon ein Geißlein den Kopf heraus, und als sie weiterschnitt, so sprangen nacheinander alle sechse heraus und waren noch alle am Leben und hatten nicht einmal Schaden gelitten, denn das Ungetüm hatte sie in der Gier ganz hinuntergeschluckt. Das war eine Freude! Da herzten sie ihre liebe Mutter und hüpften wie ein Schneider, der Hochzeit hält. Die Alte aber sagte: »Jetzt geht und sucht Wackersteine, damit wollen wir dem gottlosen Tier den Bauch füllen, solange es noch im Schlafe liegt.« Da schleppten die sieben Geißerchen in aller Eile die Steine herbei und steckten sie ihm in den Bauch, so viel sie hineinbringen konnten. Dann nähte ihn die Alte in aller Geschwindigkeit wieder zu, dass er nichts merkte und sich nicht einmal regte.

Als der Wolf endlich ausgeschlafen hatte, machte er sich auf die Beine, und weil ihm die Steine im Magen so großen Durst erregten, so wollte er zu einem Brunnen gehen und trinken. Als er aber anfing zu gehen und sich hin und her zu bewegen, so stießen die Steine in seinem Bauch aneinander und rappelten. Da rief er:

»Was rumpelt und pumpelt
in meinem Bauch herum?
Ich meinte, es wären sechs Geißlein,
so sind's lauter Wackersteine.«

Und als er an den Brunnen kam und sich über das Wasser bückte und trinken wollte, da zogen ihn die schweren Steine hinein und er musste jämmerlich ersaufen. Als die sieben Geißlein das sahen, da kamen sie herbeigelaufen, riefen laut: »Der Wolf ist tot! Der Wolf ist tot!«, und tanzten mit ihrer Mutter vor Freude um den Brunnen herum.

Dornröschen

Vor Zeiten waren ein König und eine Königin, die sprachen jeden Tag: »Ach, wenn wir doch ein Kind hätten!«, und kriegten immer keins. Da trug es sich zu, als die Königin einmal im Bade saß, dass ein Frosch aus dem Wasser ans Land kroch und zu ihr sprach: »Dein Wunsch wird erfüllt werden; ehe ein Jahr vergeht, wirst du eine Tochter zur Welt bringen.« Was der Frosch gesagt hatte, das geschah und die Königin gebar ein Mädchen, das war so schön, dass der König vor Freude sich nicht zu lassen wusste und ein großes Fest anstellte. Er lud nicht bloß seine Verwandten, Freunde und Bekannten, sondern auch die weisen Frauen dazu ein, damit sie dem Kind hold und gewogen wären. Es waren ihrer dreizehn in seinem Reiche, weil er aber nur zwölf goldene Teller hatte, von welchen sie essen sollten, so musste eine von ihnen daheim bleiben. Das Fest ward mit aller Pracht gefeiert, und als es zu Ende war, beschenkten die weisen Frauen das Kind mit ihren Wundergaben: die eine mit Tugend, die andere mit

Schönheit, die dritte mit Reichtum, und so mit allem, was auf der Welt zu wünschen ist. Als elfe ihre Sprüche eben getan hatten, trat plötzlich die dreizehnte herein. Sie wollte sich dafür rächen, dass sie nicht eingeladen war, und ohne jemand zu grüßen oder nur anzusehen, rief sie mit lauter Stimme: »Die Königstochter soll sich in ihrem fünfzehnten Jahr an einer Spindel stechen und tot hinfallen.« Und ohne ein Wort weiterzusprechen, kehrte sie um und verließ den Saal. Alle waren erschrocken, da trat die zwölfte hervor, die ihren Wunsch noch übrig hatte, und weil sie den bösen Spruch nicht aufheben, sondern ihn nur mildern konnte, so sagte sie: »Es soll aber kein Tod sein, sondern ein hundertjähriger tiefer Schlaf, in welchen die Königstochter fällt.« Der König, der sein liebes Kind vor dem Unglück gern bewahren wollte, ließ den Befehl ausgeben, dass alle Spindeln im ganzen Königreiche sollten verbrannt werden. An dem Mädchen aber wurden die Gaben der weisen Frauen sämtlich erfüllt, denn es war so schön, sittsam, freundlich und verständig, dass es jedermann, der es ansah, lieb haben musste. Es geschah, dass an dem Tage, an dem es fünfzehn Jahr alt ward, der König und die Königin nicht zu Hause waren und das Mädchen ganz allein im Schloss zurückblieb. Da ging es allerorten herum, besah Stuben und Kammern, wie es Lust hatte, und kam endlich auch an einen alten Turm. Es stieg die enge Wendeltreppe hinauf und gelangte zu einer kleinen Türe. In dem Schloss steckte ein verrosteter Schlüssel, und als es ihn umdrehte, sprang die Türe auf und da saß in einem kleinen Stübchen eine alte Frau mit einer Spindel und spann emsig ihren Flachs.

»Guten Tag, du altes Mütterchen«, sprach die Königstochter, »was machst du da?« – »Ich spinne«, sagte die Alte und nickte mit dem Kopf. – »Was ist das für ein Ding, das so lustig herumspringt?«, fragte das Mädchen, nahm die Spindel und wollte auch spinnen. Kaum hatte sie aber die Spindel angerührt, so ging der Zauberspruch in Erfüllung und sie stach sich damit in den Finger.

In dem Augenblick aber, in dem sie den Stich empfand, fiel sie auf das Bett nieder, das dastand, und lag in einem tiefen Schlaf. Und dieser Schlaf verbreitete sich über das ganze Schloss: Der König und die Königin, die eben heimgekommen waren und in den Saal getreten waren, fingen an einzuschlafen und der ganze Hofstaat mit ihnen. Da schliefen auch die Pferde im Stall, die Hunde im Hofe, die Tauben auf dem Dache, die Fliegen an der Wand, ja, das Feuer, das auf dem Herde flackerte, ward still und schlief ein und der Braten hörte auf zu brutzeln und der Koch, der den Küchenjungen, weil er etwas versehen hatte, an den Haaren ziehen wollte, ließ ihn los und schlief. Und der Wind legte sich und auf den Bäumen vor dem Schloss regte sich kein Blättchen mehr. Rings um das Schloss aber begann eine Dornenhecke zu wachsen, die jedes Jahr höher ward und endlich das ganze Schloss umzog und darüber hinauswuchs, dass gar nichts mehr davon zu sehen war, selbst nicht die Fahne auf dem Dach. Es ging aber die Sage in dem Land von dem schönen, schlafenden Dornröschen, denn so ward die Königstochter genannt, also dass von Zeit zu Zeit Königssöhne kamen und durch die Hecke in das Schloss dringen wollten. Es war ihnen aber nicht möglich, denn die Dornen, als hätten sie Hände, hielten fest zusammen und die Jünglinge blieben darin hängen, konnten sich nicht wieder losmachen und starben eines jämmerlichen Todes. Nach langen Jahren kam wieder einmal ein Königssohn in das Land und hörte, wie ein alter Mann von der Dornenhecke erzählte, es sollte ein Schloss dahinter stehen, in welchem eine wunderschöne Königstochter, Dornröschen genannt, schon seit hundert Jahren schliefe, und mit ihr schliefen der König und die Königin und der ganze Hofstaat. Er wusste auch von seinem Großvater, dass schon viele Königssöhne gekommen wären und versucht hätten, durch die Dornenhecke zu dringen, aber sie wären darin hängen geblieben und eines traurigen Todes gestorben. Da sprach der Jüngling: »Ich fürchte mich nicht, ich will hinaus und das schöne Dornröschen sehen.« Der gute Alte mochte ihm abraten, wie er wollte, er hörte nicht auf seine Worte.

Nun waren aber gerade die hundert Jahre verflossen und der Tag war gekommen, wo Dornröschen wieder erwachen sollte. Als der Königssohn sich der Dornenhecke näherte, waren es lauter große, schöne Blumen, die taten sich von selbst auseinander und ließen ihn unbeschädigt hindurch, und hinter ihm taten sie sich wieder als eine Hecke zusammen. Im Schlosshof sah er die Pferde und scheckigen Jagdhunde liegen und schlafen, auf dem Dache saßen die Tauben und hatten das Köpfchen unter den Flügel gesteckt. Und als er ins Haus kam, schliefen die Fliegen an der Wand, der Koch in der Küche hielt noch die Hand, als wollte er den Jungen anpacken, und die Magd saß vor dem schwarzen Huhn, das sollte gerupft werden. Da ging er weiter und sah im Saale den ganzen Hofstaat liegen und schlafen und oben bei dem Throne lagen der König und die Königin. Da ging er noch weiter und alles war so still, dass einer seinen Atem hören konnte, und endlich kam er zu dem Turm und öffnete die Türe zu der kleinen Stube, in welcher Dornröschen schlief. Da lag es und war so schön, dass er die Augen nicht abwenden konnte, und er bückte sich und gab ihr einen Kuss. Wie er es mit dem Kuss berührt hatte, schlug Dornröschen die Augen auf, erwachte und blickte ihn ganz freundlich an. Da gingen sie zusammen hinab und der König erwachte und die Königin und der ganze Hofstaat und sahen einander mit großen Augen an. Und die Pferde im Hof standen auf und rüttelten sich: Die Jagdhunde sprangen und wedelten: Die Tauben auf dem Dache zogen das Köpfchen unterm Flügel hervor, sahen umher und flogen ins Feld: Die Fliegen an den Wänden krochen weiter: Das Feuer in der Küche erhob sich, flackerte und kochte das Essen: Der Braten fing wieder an zu brutzeln: Und der Koch gab dem Jungen eine Ohrfeige, dass er schrie: Und die Magd rupfte das Huhn fertig. Und da wurde die Hochzeit des Königssohns mit dem Dornröschen in aller Pracht gefeiert und sie lebten vergnügt bis an ihr Ende.

Frau Holle

Eine Witwe hatte zwei Töchter, davon war die eine schön und fleißig, die andere hässlich und faul. Sie hatte aber die hässliche und faule, weil sie ihre rechte Tochter war, viel lieber und die andere musste alle Arbeit tun und das Aschenputtel im Hause sein. Das arme Mädchen musste sich täglich auf die große Straße bei einem Brunnen setzen und musste so viel spinnen, dass ihm das Blut aus den Fingern sprang. Nun trug es sich zu, dass die Spule einmal ganz blutig war, da bückte es sich damit in den Brunnen und wollte sie abwaschen: Sie sprang ihm aber aus der Hand und fiel hinab. Es weinte, lief zur Stiefmutter und erzählte ihr das Unglück. Sie schalt es aber so heftig und war so unbarmherzig, dass sie sprach: »Hast du die Spule hinunterfallen lassen, so hol sie auch wieder herauf.« Da ging das Mädchen zu dem Brunnen zurück und wusste nicht, was es anfangen sollte: Und in seiner Herzensangst sprang es in den Brunnen hinein, um die Spule zu holen. Es verlor die Besinnung, und als es erwachte und wieder zu sich selber kam, war es auf einer schönen Wiese, wo die Sonne schien und viele Tausend Blumen standen. Auf dieser Wiese ging es fort und kam zu einem Backofen, der war voller Brot; das Brot aber rief: »Ach, zieh mich raus, zieh mich raus, sonst verbrenn ich: Ich bin schon längst ausgebacken.« Da trat es herzu und holte mit dem Brotschieber alles nacheinander heraus. Danach ging es weiter und kam zu einem Baum, der hing voll Äpfel, und rief ihm zu: »Ach, schüttel mich, schüttel mich, wir Äpfel sind alle miteinander reif.« Da schüttelte es den Baum, dass die Äpfel fielen, als regneten sie, und schüttelte, bis keiner mehr oben war; und als es alle in einen Haufen zusammengelegt hatte, ging es wieder weiter. Endlich kam es zu einem kleinen Haus, daraus guckte eine alte Frau, weil sie aber so große Zähne hatte, ward ihm angst und es wollte fortlaufen. Die alte Frau aber rief ihm nach: »Was fürchtest du dich, liebes Kind? Bleib bei mir, wenn du alle Arbeit im Hause ordentlich tun willst, soll dir's gut gehn. Du musst nur Acht geben, dass du mein Bett gut machst und es fleißig aufschüttelst, dass die Federn fliegen, dann schneit es in der Welt; ich bin die Frau Holle.« Weil die Alte ihm so gut zusprach, so fasste sich das Mädchen ein Herz, willigte ein und begab sich in ihren Dienst. Es besorgte auch alles nach ihrer Zufriedenheit und schüttelte ihr das Bett immer gewaltig auf, dass die Federn wie Schneeflocken umherflogen; dafür hatte es auch ein gut Leben bei ihr, kein böses Wort und alle Tage Gesottenes und Gebratenes. Nun war es eine Zeit lang bei der Frau

Holle, da ward es traurig und wusste anfangs selbst nicht, was ihm fehlte, endlich merkte es, dass es Heimweh war; ob es ihm hier gleich viel tausendmal besser ging als zu Hause, so hatte es doch ein Verlangen dahin. Endlich sagte es zu ihr: »Ich habe den Jammer nach Haus gekriegt, und wenn es mir auch noch so gut hier unten geht, so kann ich doch nicht länger bleiben, ich muss wieder hinauf zu den Meinigen.« Die Frau Holle sagte: »Es gefällt mir, dass du wieder nach Hause verlangst, und weil du mir so treu gedient hast, so will ich dich selbst wieder hinaufbringen.« Sie nahm es darauf bei der Hand und führte es vor ein großes Tor. Das Tor ward aufgetan, und wie das Mädchen gerade darunter stand, fiel ein gewaltiger Goldregen und alles Gold blieb an ihm hängen, sodass es über und über davon bedeckt war. »Das sollst du haben, weil du so fleißig gewesen bist«, sprach die Frau Holle und gab ihm auch die Spule wieder, die ihm in den Brunnen gefallen war. Darauf ward das Tor verschlossen und das Mädchen befand sich oben auf der Welt, nicht weit von seiner Mutter Haus: Und als es in den Hof kam, saß der Hahn auf dem Brunnen und rief:

»Kikeriki,
unsere goldene Jungfrau ist wieder hie.«

Da ging es hinein zu seiner Mutter, und weil es so mit Gold bedeckt ankam, ward es von ihr und der Schwester gut aufgenommen.

Das Mädchen erzählte alles, was ihm begegnet war, und als die Mutter hörte, wie es zu dem großen Reichtum gekommen war, wollte es der andern hässlichen und faulen

Tochter gerne dasselbe Glück verschaffen. Sie musste sich an den Brunnen setzen und spinnen; und damit ihre Spule blutig ward, stach sie sich in die Finger und stieß sich die Hand in der Dornhecke. Dann warf sie die Spule in den Brunnen und sprang selber hinein. Sie kam, wie die andere, auf die schöne Wiese und ging auf demselben Pfad weiter. Als sie zu dem Backofen gelangte, schrie das Brot wieder: »Ach, zieh mich raus, zieh mich raus, sonst verbrenn ich: Ich bin schon längst ausgebacken.« Die Faule aber antwortete: »Da hätt ich Lust, mich schmutzig zu machen«, und ging fort. Bald kam sie zu dem Apfelbaum, der rief: »Ach, schüttel mich, schüttel mich, wir Äpfel sind alle miteinander reif.« Sie antwortete aber: »Du kommst mir recht, es könnte mir einer auf den Kopf fallen«, und ging damit weiter. Als sie vor der Frau Holle Haus kam, fürchtete sie sich nicht, weil sie von ihren großen Zähnen schon gehört hatte, und verdingte sich gleich zu ihr. Am ersten Tag tat sie sich Gewalt an, war fleißig und folgte der Frau Holle, wenn sie ihr etwas sagte, denn sie dachte an das viele Gold, das sie ihr schenken würde; am zweiten Tag aber fing sie schon an zu faulenzen, am dritten noch mehr, da wollte sie morgens gar nicht aufstehen. Sie machte auch der Frau Holle das Bett nicht, wie sich's gebührte, und schüttelte es nicht, dass die Federn aufflogen. Das ward die Frau Holle bald müde und sagte ihr den Dienst auf. Die Faule war das wohl zufrieden und meinte, nun würde der Goldregen kommen; die Frau Holle führte sie auch zu dem Tor, als sie aber darunter stand, ward statt des Goldes ein großer Kessel voll Pech ausgeschüttet. »Das ist zur Belohnung deiner Dienste«, sagte die Frau Holle und schloss das Tor zu. Da kam die Faule heim, aber sie war ganz mit Pech bedeckt und der Hahn auf dem Brunnen, als er sie sah, rief:

»Kikeriki,
unsere schmutzige Jungfrau ist wieder hie.«

Das Pech aber blieb fest an ihr hängen und wollte, solange sie lebte, nicht abgehen.

Hänsel und Gretel

Vor einem großen Walde wohnte ein armer Holzhacker mit seiner Frau und seinen zwei Kindern; das Bübchen hieß Hänsel und das Mädchen Gretel. Er hatte wenig zu beißen und zu brechen und einmal, als große Teuerung ins Land kam, konnte er auch das tägliche Brot nicht mehr schaffen. Wie er sich nun abends im Bette Gedanken machte und sich vor Sorgen herumwälzte, seufzte er und sprach zu seiner Frau: »Was soll aus uns werden? Wie können wir unsere armen Kinder ernähren, da wir für uns selbst nichts mehr haben?« – »Weißt du, was, Mann«, antwortete die Frau, »wir wollen morgen in aller Frühe die Kinder hinaus in den Wald führen, wo er am dicksten ist: Da machen wir ihnen ein Feuer an und geben jedem noch ein Stückchen Brot, dann gehen wir an unsere Arbeit und lassen sie allein. Sie finden den Weg nicht wieder nach Haus und wir sind sie los.« – »Nein, Frau«, sagte der Mann, »das tue ich nicht; wie sollt ich's übers Herz bringen meine Kinder im Wald allein zu lassen; die wilden Tiere würden bald kommen und sie zerreißen.« – »Oh du Narr«, sagte sie, »dann müssen wir alle viere hungers sterben, du kannst nur die Bretter für die Särge hobeln«, und ließ ihm keine Ruhe, bis er einwilligte. »Aber die armen Kinder dauern mich doch«, sagte der Mann.

Die zwei Kinder hatten vor Hunger auch nicht einschlafen können und hatten gehört, was die Stiefmutter zum Vater gesagt hatte. Gretel weinte bittere Tränen und sprach zu Hänsel: »Nun ist's um uns geschehen.« – »Still, Gretel«, sprach Hänsel, »gräme dich nicht, ich will uns schon helfen.« Und als die Alten eingeschlafen waren, stand er auf, zog sein Röcklein an, machte die Untertüre auf und schlich sich hinaus. Da schien der Mond ganz helle und die weißen Kieselsteine, die vor dem Haus lagen, glänzten wie lauter Batzen. Hänsel bückte sich und steckte so viele in sein Rocktäschlein, als nur hineinwollten. Dann ging er wieder zurück, sprach zu Gretel: »Sei getrost, liebes Schwesterchen, und schlaf nur ruhig ein, Gott wird uns nicht verlassen«, und legte sich wieder in sein Bett.

Als der Tag anbrach, noch ehe die Sonne aufgegangen war, kam schon die Frau und weckte die beiden Kinder: »Steht auf, ihr Faulenzer, wir wollen in den Wald gehen und Holz holen.« Dann gab sie jedem ein Stückchen Brot und sprach: »Da habt ihr etwas für den Mittag, aber esst's nicht vorher auf, weiter kriegt ihr nichts.« Gretel nahm das Brot unter die Schürze, weil Hänsel die Steine in der Tasche hatte. Danach machten sich alle zusammen auf den Weg nach dem Wald. Als sie ein Weilchen gegangen waren, stand Hänsel still und guckte nach dem Haus zurück und tat das wieder und immer wieder. Der Vater sprach: »Hänsel, was guckst du da und bleibst zurück, hab Acht und vergiss deine Beine nicht.« – »Ach, Vater«, sagte Hänsel, »ich sehe nach meinem weißen Kätzchen, das sitzt oben auf dem Dach und will mir ade sagen.« Die Frau sprach: »Narr, das ist dein Kätzchen nicht, das ist die Morgensonne, die auf den Schornstein scheint.« Hänsel aber hatte nicht nach dem Kätzchen gesehen, sondern immer einen der blanken Kieselsteine aus seiner Tasche auf den Weg geworfen.

Als sie mitten in den Wald gekommen waren, sprach der Vater: »Nun sammelt Holz, ihr Kinder, ich will ein Feuer anmachen, damit ihr nicht friert.« Hänsel und Gretel trugen Reisig zusammen, einen kleinen Berg hoch. Das Reisig wurde angezündet, und als die Flamme recht hoch brannte, sagte die Frau: »Nun legt euch ans Feuer, ihr Kinder, und ruht euch aus, wir gehen in den Wald und hauen Holz. Wenn wir fertig sind, kommen wir wieder und holen euch ab.«

Hänsel und Gretel saßen am Feuer, und als der Mittag kam, aß jedes sein Stücklein Brot. Und weil sie die Schläge der Holzaxt hörten, so glaubten sie, ihr Vater wäre in der Nähe. Es war aber nicht die Holzaxt, es war ein Ast, den er an einen dürren Baum gebunden hatte und den der Wind hin und her schlug. Und als sie so lange gesessen hatten, fielen ihnen die Augen vor Müdigkeit zu und sie schliefen fest ein. Als sie endlich erwachten, war es schon finstere Nacht. Gretel fing an zu weinen und sprach: »Wie sollen wir nun aus dem Wald kommen!« Hänsel aber tröstete sie: »Wart nur ein Weilchen, bis der Mond aufgegangen ist, dann wollen wir den Weg schon finden.« Und als der volle Mond aufgestiegen war, so nahm Hänsel sein Schwesterchen an der Hand und ging den Kieselsteinen nach, die schimmerten wie neu geschlagene Batzen und zeigten ihnen den Weg. Sie gingen die ganze Nacht hindurch und kamen bei anbrechendem Tag wieder zu ihres Vaters Haus. Sie klopften an die Tür, und als die Frau aufmachte und sah, dass es Hänsel und Gretel waren, sprach sie: »Ihr bösen Kinder, was habt ihr so lange im Wald geschlafen, wir haben geglaubt, ihr wolltet gar nicht wiederkommen.« Der Vater aber freute sich, denn es war ihm zu Herzen gegangen, dass er sie so allein zurückgelassen hatte.

Nicht lange danach war wieder Not in allen Ecken und die Kinder hörten, wie die Mutter nachts im Bette zu dem Vater sprach: »Alles ist wieder aufgezehrt, wir haben noch einen halben Laib Brot, hernach hat das Leid ein Ende. Die Kinder müssen fort, wir wollen sie tiefer in den Wald hineinführen, damit sie den Weg nicht wieder herausfinden; es ist sonst keine Rettung für uns.« Dem Mann fiel's schwer aufs Herz und er dachte: Es wäre besser, dass du den letzten Bissen mit deinen Kindern teiltest. Aber die Frau hörte auf nichts, was er sagte, schalt ihn und machte ihm Vorwürfe. Wer A sagt, muss auch B sagen, und weil er schon das erste Mal nachgegeben hatte, so musste er es auch zum zweiten Mal.

Die Kinder waren aber noch wach gewesen und hatten das Gespräch mit angehört. Als die Alten schliefen, stand Hänsel wieder auf, wollte hinaus und Kieselsteine auflesen wie das vorige Mal, aber die Frau hatte die Tür verschlossen und Hänsel konnte nicht hinaus. Aber er tröstete sein Schwesterchen und sprach: »Weine nicht, Gretel, und schlaf nur ruhig, der liebe Gott wird uns schon helfen.«

Am frühen Morgen kam die Frau und holte die Kinder aus dem Bette. Sie erhielten ihr Stückchen Brot, das war aber noch kleiner als das vorige Mal. Auf dem Wege nach dem Wald bröckelte es Hänsel in der Tasche, stand oft still und warf ein Bröcklein auf die Erde. »Hänsel, was stehst du und guckst dich um«, sagte der Vater, »geh deiner Wege.« – »Ich sehe nach meinem Täubchen, das sitzt auf dem Dache und will mir ade sagen«, antwortete Hänsel. – »Narr«, sagte die Frau, »das ist dein Täubchen nicht, das ist die Morgensonne, die auf den Schornstein oben scheint.« Hänsel aber warf nach und nach alle Bröcklein auf den Weg. Die Frau führte die Kinder noch tiefer in den Wald, wo sie ihr Lebtag noch nicht gewesen waren. Da ward wieder ein großes Feuer angemacht und die Mutter sagte: »Bleibt nur da sitzen, ihr Kinder, und wenn ihr müde seid, könnt ihr ein wenig schlafen: Wir gehen in den Wald und hauen Holz und abends, wenn wir fertig sind, kommen wir und holen euch ab.« Als es Mittag war, teilte Gretel ihr Brot mit Hänsel, der sein Stück auf den Weg gestreut hatte. Dann schliefen sie ein und der Abend verging, aber niemand kam zu den armen Kindern. Sie erwachten erst in der finsteren Nacht und Hänsel tröstete sein Schwesterchen und sagte: »Wart nur, Gretel, bis der Mond aufgeht, dann werden wir die Brotbröcklein sehen, die ich ausgestreut habe, die zeigen uns den Weg nach Haus.« Als der Mond kam, machten sie sich auf, aber sie fanden kein Bröcklein mehr, denn die vieltausend Vögel, die im Walde und im Felde umherfliegen, die hatten sie weggepickt. Hänsel sagte zu Gretel: »Wir werden den Weg schon finden«, aber sie fanden ihn nicht. Sie gingen die ganze Nacht und noch einen Tag von Morgen bis Abend, aber sie kamen aus dem Wald nicht hinaus und waren so hungrig, denn sie hatten nichts als die paar Beeren, die auf der Erde standen. Und weil sie so müde waren, dass die Beine sie nicht mehr tragen wollten, so legten sie sich unter einen Baum und schliefen ein. Nun war's schon der dritte Morgen, dass sie ihres Vaters Haus verlassen hatten. Sie fingen wieder an zu gehen, aber sie gerieten immer tiefer in den Wald, und wenn nicht bald Hilfe kam, so mussten sie verschmachten. Als Mittag war, sahen sie ein schönes schneeweißes Vöglein auf einem Ast sitzen, das sang so schön, dass sie stehen blieben und ihm zuhörten. Und als es fertig war, schwang es seine Flügel und flog vor ihnen her und sie gingen ihm nach, bis sie zu einem Häuschen gelangten, auf dessen Dach es sich setzte, und als sie ganz nah herankamen, so sahen sie, dass das Häuslein aus Brot gebaut war und mit Kuchen gedeckt; aber die Fenster waren von hellem Zucker. »Da wollen wir uns dranmachen«, sprach Hänsel, »und eine gesegnete Mahlzeit halten. Ich will ein Stück vom Dach essen, Gretel, du kannst vom Fenster essen, das schmeckt süß.« Hänsel reichte in die Höhe und brach ein wenig vom Dach ab, um zu versuchen, wie es schmeckte, und Gretel stellte sich an die Scheiben und knusperte daran. Da rief eine feine Stimme aus der Stube heraus:

»Knuper, knuper, kneischen,
wer knupert an meinem Häuschen?«

Die Kinder antworteten:

»Der Wind, der Wind,
das himmlische Kind«,

und aßen weiter, ohne sich irremachen zu lassen. Hänsel, dem das Dach sehr gut schmeckte, riss sich ein großes Stück davon herunter und Gretel stieß eine ganze runde Fensterscheibe heraus, setzte sich nieder und tat sich wohl damit. Da ging auf einmal die Türe auf und eine steinalte Frau, die sich auf eine Krücke stützte, kam herausgeschlichen. Hänsel und Gretel erschraken so gewaltig, dass sie fallen ließen, was sie in den Händen hielten. Die Alte aber wackelte mit dem Kopfe und sprach: »Ei, ihr lieben Kinder, wer hat euch hierher gebracht? Kommt nur herein und bleibt bei mir, es geschieht euch kein Leid.« Sie fasste beide an der Hand und führte sie in ihr Häuschen. Da ward gutes Essen aufgetragen, Milch und Pfannekuchen mit Zucker, Äpfel und Nüsse. Hernach wurden zwei schöne Bettlein weiß gedeckt und Hänsel und Gretel legten sich hinein und meinten, sie wären im Himmel.

Die Alte hatte sich nur so freundlich angestellt, sie war aber eine böse Hexe, die den Kindern auflauerte, und hatte das Brothäuslein bloß gebaut, um sie herbeizulocken. Als Hänsel und Gretel in ihre Nähe kamen, da lachte sie boshaft und sprach höhnisch: »Die habe ich, die sollen mir nicht wieder entwischen.« Frühmorgens, ehe die Kinder erwacht waren, stand sie schon auf, und als sie beide so lieblich ruhen sah, mit den vollen roten Backen, so murmelte sie vor sich hin: »Das wird ein guter Bissen werden.« Da packte sie Hänsel mit ihrer dürren Hand und trug ihn in einen kleinen Stall und sperrte ihn mit einer Gittertüre ein: Er mochte schreien, wie er wollte, es half ihm nichts. Dann ging sie zum Gretel, rüttelte sie wach und rief: »Steh auf, Faulenzerin, trag Wasser und koch deinem Bruder etwas Gutes, der sitzt draußen im Stall und soll fett werden. Wenn er fett ist, so will ich ihn essen.« Gretel fing an, bitterlich zu weinen, aber es war alles vergeblich, sie musste tun, was die böse Hexe verlangte.

Nun ward dem armen Hänsel das beste Essen gekocht, aber Gretel bekam nichts als Krebsschalen. Jeden Morgen schlich die Alte zu dem Ställchen und rief: »Hänsel, streck deine Finger heraus, damit ich fühle, ob du bald fett bist.« Hänsel streckte ihr aber ein Knöchlein heraus und die Alte, die trübe Augen hatte, konnte es nicht sehen und meinte, es wären Hänsels Finger, und verwunderte sich, dass er gar nicht fett werden wollte. Als vier Wochen herum waren und Hänsel immer mager blieb, da überkam sie die Ungeduld und sie wollte nicht länger warten. »Heda, Gretel«, rief sie dem Mädchen zu, »sei flink und trag Wasser: Hänsel mag fett oder mager sein, morgen will ich ihn schlachten und kochen.« Ach, wie jammerte das arme Schwesterchen, als es das Wasser tragen musste, und wie flossen ihm die Tränen über die Backen herunter! »Lieber Gott, hilf uns doch«, rief sie aus. »Hätten uns doch die wilden Tiere im Wald gefressen, so wären wir doch zusammen gestorben.« – »Spar nur dein Geplärre«, sagte die Alte, »es hilft dir alles nichts.«

Frühmorgens musste Gretel heraus, den Kessel mit Wasser aufhängen und Feuer anzünden. »Erst wollen wir backen«, sagte die Alte, »ich habe den Backofen schon eingeheizt und den Teig geknetet!« Sie stieß das arme Gretel hinaus zu dem Backofen, aus dem die Feuerflammen schon herausschlugen. »Kriech hinein«, sagte die Hexe, »und sieh zu, ob recht eingeheizt ist, damit wir das Brot hineinschießen können.« Und wenn Gretel darin war, wollte sie den Ofen zumachen und Gretel sollte darin braten und dann wollte sie's auch aufessen. Aber Gretel merkte, was sie im Sinn hatte, und sprach: »Ich weiß nicht, wie ich's machen soll; wie komm ich dahinein?« – »Dumme Gans«, sagte die Alte, »die Öffnung ist groß genug, siehst du wohl, ich könnte selbst hinein«, krabbelte heran und steckte den Kopf in den Backofen. Da gab ihr Gretel einen Stoß, dass sie weit hineinfuhr, machte die eiserne Tür zu und schob den Riegel vor. Huh!, da fing sie an zu heulen, ganz grauselig; aber Gretel lief fort und die gottlose Hexe musste elendiglich verbrennen.

Gretel aber lief schnurstracks zum Hänsel, öffnete sein Ställchen und rief: »Hänsel, wir sind erlöst, die alte Hexe ist tot!« Da sprang Hänsel heraus, wie ein Vogel aus dem Käfig, wenn ihm die Tür aufgemacht wird. Wie haben sie sich gefreut, sind sich um den Hals gefallen, sind herumgesprungen und haben sich geküsst! Und weil sie sich nicht mehr zu fürchten brauchten, so gingen sie in das Haus der Hexe hinein, da standen in allen Ecken Kasten mit Perlen und Edelsteinen. »Die sind noch besser als Kieselsteine«, sagte Hänsel und steckte in seine Taschen, was hineinwollte, und Gretel sagte: »Ich will auch etwas mit nach Haus bringen«, und füllte sich sein Schürzchen voll. – »Aber jetzt wollen wir fort«, sagte Hänsel, »damit wir aus dem Hexenwald hinauskommen.« Als sie aber ein paar Stunden gegangen waren, gelangten sie an ein großes Wasser. »Wir können nicht hinüber«, sprach Hänsel, »ich seh keinen Steg und keine Brücke.« – »Hier fährt auch kein Schiffchen«, antwortete Gretel, »aber da schwimmt eine weiße Ente; wenn ich die bitte, so hilft sie uns hinüber.« Da rief sie:

»Entchen, Entchen,
da stehn Gretel und Hänsel.
Kein Steg und keine Brücke,
nimm uns auf deinen weißen Rücken.«

Das Entchen kam auch heran und Hänsel setzte sich auf und bat sein Schwesterchen, sich zu ihm zu setzen. »Nein«, antwortete Gretel, »es wird dem Entchen zu schwer, es soll uns nacheinander hinüberbringen.« Das tat das gute Tierchen, und als sie glücklich drüben waren und ein Weilchen fortgingen, da kam ihnen der Wald immer bekannter und immer bekannter vor und endlich erblickten sie von Weitem ihres Vaters Haus. Da fingen sie an zu laufen, stürzten in die Stube hinein und fielen ihrem Vater um den Hals. Der Mann hatte keine frohe Stunde gehabt, seitdem er die Kinder im Walde gelassen hatte, die Frau aber war gestorben. Gretel schüttete sein Schürzchen aus, dass die Perlen und Edelsteine in der Stube herumsprangen, und Hänsel warf eine Handvoll nach der anderen aus seiner Tasche dazu. Da hatten alle Sorgen ein Ende und sie lebten in lauter Freude zusammen.

Mein Märchen ist aus, dort läuft eine Maus, wer sie fängt, darf sich eine große Pelzkappe daraus machen.

König Drosselbart

Ein König hatte eine Tochter, die war über alle Maßen schön, aber dabei so stolz und übermütig, dass ihr kein Freier gut genug war. Sie wies einen nach dem andern ab und trieb noch dazu Spott mit ihnen. Einmal ließ der König ein großes Fest anstellen und lud dazu aus der Nähe und Ferne die heiratslustigen Männer ein. Sie wurden alle in eine Reihe nach Rang und Stand aufgestellt; erst kamen die Könige, dann die Herzöge, die Fürsten, Grafen und Freiherrn, zuletzt die Edelleute. Nun ward die Königstochter durch die Reihen geführt, aber an jedem hatte sie etwas auszusetzen. Der eine war ihr zu dick, »Das Weinfass!«, sprach sie. Der andere zu lang, »Lang und schwank hat keinen Gang«. Der dritte zu kurz, »Kurz und dick hat kein Geschick«. Der vierte zu blass, »Der bleiche Tod!«. Der fünfte zu rot, »Der Hahnenkamm!«, der sechste war nicht gerad genug, »Grünes Holz, hinterm Ofen getrocknet!«. Und so hatte sie an einem jeden etwas auszusetzen, besonders aber machte sie sich über einen guten König lustig, der ganz oben stand und dem das Kinn ein wenig krumm gewachsen war. »Ei«, rief sie und lachte, »der hat ein Kinn wie die Drossel einen Schnabel«, und seit der Zeit bekam er den Namen *Drosselbart.* Der alte König aber, als er sah, dass seine Tochter nichts tat als über die Leute spotten, und alle Freier, die da versammelt waren, verschmähte, ward zornig und schwur, sie sollte den ersten besten Bettler zum Manne nehmen, der vor seine Türe käme.

Ein paar Tage darauf hub ein Spielmann an, unter dem Fenster zu singen, um damit ein geringes Almosen zu verdienen. Als es der König hörte, sprach er: »Lasst ihn heraufkommen.« Da trat der Spielmann in seinen schmutzigen, zerlumpten Kleidern herein, sang vor dem König und seiner Tochter und bat, als er fertig war, um eine milde Gabe. Der König sprach: »Dein Gesang hat mir so wohl gefallen, dass ich dir meine Tochter da zur Frau geben will.« Die Königstochter erschrak, aber der König sagte: »Ich habe den Eid getan, dich dem ersten besten Bettelmann zu geben, den will ich auch halten.« Es half keine Einrede, der Pfarrer ward geholt und sie musste sich gleich mit dem Spielmann trauen lassen. Als das geschehen war, sprach der König: »Nun schickt sich's nicht, dass du als ein Bettelweib noch länger in meinem Schloss bleibst, du kannst nur mit deinem Manne fortziehen.«

Der Bettelmann führte sie an der Hand hinaus und sie musste mit ihm zu Fuße fortgehen. Als sie in einen großen Wald kamen, da fragte sie:

»Ach, wem gehört der schöne Wald?«
»Der gehört dem König Drosselbart;

hättest du 'n genommen, so wär er dein.«

»Ich arme Jungfer zart,

ach, hätt ich genommen den König Drosselbart!«

Darauf kamen sie über eine Wiese, da fragte sie wieder:

»Wem gehört die schöne grüne Wiese?«

»Sie gehört dem König Drosselbart;

hättest du 'n genommen, so wär sie dein.«

»Ich arme Jungfer zart,

ach, hätt ich genommen den König Drosselbart!«

Dann kamen sie durch eine große Stadt, da fragte sie wieder:

»Wem gehört diese schöne große Stadt?«

»Sie gehört dem König Drosselbart;

hättest du 'n genommen, so wär sie dein.«

»Ich arme Jungfer zart,

ach, hätt ich genommen den König Drosselbart!«

»Es gefällt mir gar nicht«, sprach der Spielmann, »dass du dir immer einen andern zum Mann wünschst: Bin ich dir nicht gut genug?« Endlich kamen sie an ein ganz kleines Häuschen, da sprach sie:

»Ach, Gott, was ist das Haus so klein!

Wem mag das elende winzige Häuschen sein?«

Der Spielmann antwortete: »Das ist mein und dein Haus, wo wir zusammen wohnen.« Sie musste sich bücken, damit sie zu der niedrigen Tür hineinkam. »Wo sind die Diener?«, sprach die Königstochter. – »Was Diener!«, antwortete der Bettelmann. »Du musst selber tun, was du willst getan haben. Mach nur gleich Feuer an und stell Wasser auf, dass du mir mein Essen kochst; ich bin ganz müde.«

Die Königstochter verstand aber nichts vom Feuermachen und Kochen und der Bettelmann musste selber mit Hand anlegen, dass es noch so leidlich ging. Als sie die schmale Kost verzehrt hatten, legten sie sich zu Bett: Aber am Morgen trieb er sie schon ganz früh heraus, weil sie das Haus besorgen sollte. Ein paar Tage lebten sie auf diese Art schlecht und recht und zehrten ihren Vorrat auf. Da sprach der Mann: »Frau, so geht's nicht länger, dass wir hier zehren und nichts verdienen. Du sollst Körbe flechten.« Er ging aus, schnitt Weiden und brachte sie heim: Da fing sie an zu flechten, aber die harten Weiden stachen ihr die zarten Hände wund. – »Ich sehe, das geht nicht«, sprach der Mann, »spinn lieber, vielleicht kannst du das besser.« Sie setzte sich hin und versuchte zu spinnen, aber der harte Faden schnitt ihr tief in die weichen Finger, dass das Blut daran herunterlief. – »Siehst du«, sprach der Mann, »du taugst zu keiner Arbeit, mit dir bin ich schlimm angekommen. Nun will ich's versuchen und einen Handel mit Töpfen und irdenem Geschirr anfangen: Du sollst dich auf den Markt setzen und die Ware feilhalten.« Ach, dachte sie, wenn auf den Markt Leute aus meines Vaters Reich kommen und sehen mich da sitzen und feilhalten, wie werden sie mich verspotten! Aber es half nichts, sie musste sich fügen, wenn sie nicht hungers sterben wollten. Das erste Mal ging's gut, denn die Leute kauften der Frau, weil sie schön war, gern ihre Ware ab und bezahlten, was sie forderte: Ja, viele gaben ihr das Geld und ließen ihr die Töpfe noch dazu. Nun lebten sie von dem Erworbenen, so lange es dauerte, da handelte der Mann wieder eine

Menge neues Geschirr ein. Sie setzte sich damit an eine Ecke des Marktes und stellte es um sich her und hielt feil. Da kam plötzlich ein trunkener Husar dahergejagt und ritt geradezu in die Töpfe hinein, dass alles in tausend Scherben zersprang. Sie fing an zu weinen und wusste vor Angst nicht, was sie anfangen sollte. »Ach, wie wird mir's ergehen!«, rief sie. »Was wird mein Mann dazu sagen!« Sie lief heim und erzählte ihm das Unglück. – »Wer setzt sich auch an die Ecke des Marktes mit irdenem Geschirr!«, sprach der Mann. »Lass nur das Weinen, ich sehe wohl, du bist zu keiner ordentlichen Arbeit zu gebrauchen. Da bin ich in unseres Königs Schloss gewesen und habe gefragt, ob sie nicht eine Küchenmagd brauchen könnten, und sie haben mir versprochen, sie wollten dich dazu nehmen; dafür bekommst du freies Essen.«

Nun ward die Königstochter eine Küchenmagd, musste dem Koch zur Hand gehen und die sauerste Arbeit tun. Sie machte sich in beiden Taschen ein Töpfchen fest, darin brachte sie nach Haus, was ihr von dem Übriggebliebenen zuteil ward, und davon nährten sie sich. Es trug sich zu, dass die Hochzeit des ältesten Königssohnes sollte gefeiert werden, da ging die arme Frau hinauf, stellte sich vor die Saaltüre und wollte zusehen. Als nun die Lichter angezündet waren und immer einer schöner als der andere hereintrat und alles voll Pracht und Herrlichkeit war, da dachte sie mit betrübtem Herzen an ihr Schicksal und verwünschte ihren Stolz und Übermut, der sie erniedrigt und in so große Armut gestürzt hatte. Von den köstlichen Speisen, die da ein- und ausgetragen wurden und von welchen der

Geruch zu ihr aufstieg, warfen ihr Diener manchmal ein paar Brocken zu, die tat sie in ihr Töpfchen und wollte es heimtragen. Auf einmal trat der Königssohn herein, war in Samt und Seide gekleidet und hatte goldene Ketten um den Hals. Und als er die schöne Frau in der Türe stehen sah, ergriff er sie bei der Hand und wollte mit ihr tanzen, aber sie weigerte sich und erschrak, denn sie sah, dass es der König Drosselbart war, der um sie gefreit und den sie mit Spott abgewiesen hatte. Ihr Sträuben half nichts, er zog sie in den Saal: Da zerriss das Band, an welchem die Taschen hingen, und die Töpfe fielen heraus, dass die Suppe floss und die Brocken umhersprangen. Und wie das die Leute sahen, entstand ein allgemeines Gelächter und Spotten und sie war so beschämt, dass sie sich lieber tausend Klafter unter die Erde gewünscht hätte. Sie sprang zur Türe hinaus und wollte entfliehen, aber auf der Treppe holte sie ein Mann ein und brachte sie zurück: Und wie sie ihn ansah, war es wieder der König Drosselbart. Er sprach ihr freundlich zu: »Fürchte dich nicht, ich und der Spielmann, der mit dir in dem elenden Häuschen gewohnt hat, sind eins: Dir zuliebe habe ich mich so verstellt und der Husar, der dir die Töpfe entzweigeritten hat, bin ich auch gewesen. Das alles ist geschehen, um deinen stolzen Sinn zu beugen und dich für deinen Hochmut zu strafen, womit du mich verspottet hast.«

Da weinte sie bitterlich und sagte: »Ich habe großes Unrecht gehabt und bin nicht wert, deine Frau zu sein.« Er aber sprach: »Tröste dich, die bösen Tage sind vorüber, jetzt wollen wir unsere Hochzeit feiern.« Da kamen die

Kammerfrauen und taten ihr die prächtigsten Kleider an und ihr Vater kam und der ganze Hof und wünschten ihr Glück zu ihrer Vermählung mit dem König Drosselbart und die rechte Freude fing jetzt erst an. Ich wollte, du und ich, wir wären auch dabei gewesen.

Rotkäppchen

Es war einmal eine kleine süße Dirne, die hatte jedermann lieb, der sie nur ansah, am allerliebsten aber ihre Großmutter, die wusste gar nicht, was sie alles dem Kinde geben sollte. Einmal schenkte sie ihm ein Käppchen von rotem Sammet, und weil ihm das so wohl stand und es nichts anders mehr tragen wollte, hieß es nur das *Rotkäppchen.* Eines Tages sprach seine Mutter zu ihm: »Komm, Rotkäppchen, da hast du ein Stück Kuchen und eine Flasche Wein, bring das der Großmutter hinaus; sie ist krank und schwach und wird sich daran laben. Mach dich auf, bevor es heiß wird, und wenn du hinauskommst, so geh hübsch sittsam und lauf nicht vom Weg ab, sonst fällst du und zerbrichst das Glas und die Großmutter hat nichts. Und wenn du in ihre Stube kommst, so vergiss nicht Guten Morgen zu sagen und guck nicht erst in allen Ecken herum.« – »Ich will schon alles gut machen«, sagte Rotkäppchen zur Mutter und gab ihr die Hand darauf. Die Großmutter aber wohnte draußen im Wald, eine halbe Stunde vom Dorf. Wie nun Rotkäppchen in den Wald kam, begegnete ihm der Wolf. Rotkäppchen aber wusste nicht, was das für ein böses Tier war, und fürchtete sich nicht vor ihm. »Guten Tag, Rotkäppchen«, sprach er. – »Schönen Dank, Wolf.« – »Wohinaus so früh, Rotkäppchen?« – »Zur Großmutter.« – »Was trägst du unter der Schürze?« – »Kuchen und Wein: Gestern haben wir gebacken, da soll sich die kranke und schwache Großmutter etwas zugutetun und sich damit stärken.« – »Rotkäppchen, wo wohnt deine Großmutter?« – »Noch eine gute Viertelstunde weiter im Wald, unter den drei großen Eichenbäumen, da steht ihr Haus, unten sind die Nusshecken, das wirst du ja wissen«, sagte Rotkäppchen. Der Wolf dachte bei sich: Das junge zarte Ding, das ist ein fetter Bissen, der wird noch besser schmecken als die Alte: Du musst es listig anfangen, damit du beide erschnappst. Da ging er ein Weilchen neben Rotkäppchen her, dann sprach er: »Rotkäppchen, sieh einmal die schönen Blumen, die ringsumher stehen, warum guckst du dich nicht um? Ich glaube, du hörst gar nicht, wie die Vöglein so lieblich singen? Du gehst ja für dich hin, als wenn du zur Schule gingst, und ist so lustig hier draußen in dem Wald.«

Rotkäppchen schlug die Augen auf, und als es sah, wie die Sonnenstrahlen durch die Bäume hin und her tanzten und alles voll schöner Blumen stand, dachte es: Wenn ich der Großmutter einen frischen Strauß mitbringe, der wird ihr auch Freude machen; es ist so früh am Tag, dass ich doch zu rechter Zeit ankomme, lief vom Wege ab in den Wald hinein und suchte Blumen. Und wenn es eine gebrochen hatte, meinte es, weiter hinaus stünde eine schönere, und lief darnach und geriet immer tiefer in den Wald hinein. Der Wolf aber ging geradewegs nach dem Haus der Großmutter und klopfte an die Türe. »Wer ist draußen?« – »Rotkäppchen, das bringt Kuchen und Wein, mach auf.« – »Drück nur auf die Klinke«, rief die Großmutter, »ich bin zu schwach und kann nicht aufstehen.« Der Wolf drückte auf die Klinke, die Türe sprang auf und er ging, ohne ein Wort zu sprechen, gerade zum Bett der Großmutter und verschluckte sie. Dann tat er ihre Kleider an, setzte ihre Haube auf, legte sich in ihr Bett und zog die Vorhänge vor.

Rotkäppchen aber war nach den Blumen herumgelaufen, und als es so viel zusammenhatte, dass es keine mehr tragen konnte, fiel ihm die Großmutter wieder ein und es machte sich auf den Weg zu ihr. Es wunderte sich, dass die Türe aufstand, und wie es in die Stube trat, so kam es ihm so seltsam darin vor, dass es dachte: Ei, du mein Gott, wie ängstlich wird mir's heute zumut und ich bin sonst so gerne bei der Großmutter! Es rief: »Guten Morgen«, bekam aber keine Antwort. Darauf ging es zum Bett und zog die Vorhänge zurück; da lag die Großmutter und hatte die Haube tief ins Gesicht gesetzt und sah so wunderlich aus. »Ei, Großmutter, was hast du für große Ohren!« – »Dass ich dich besser hören kann!« – »Ei, Großmutter, was hast du für große Augen!« – »Dass ich dich besser sehen kann.« – »Ei, Großmutter, was hast du für große Hände!« – »Dass ich dich besser packen kann.« – »Aber, Großmutter, was hast du für ein entsetzlich großes Maul!« – »Dass ich dich besser fressen kann.« Kaum hatte der Wolf das gesagt, so tat er einen Satz aus dem Bette und verschlang das arme Rotkäppchen.

Wie der Wolf sein Gelüsten gestillt hatte, legte er sich wieder ins Bett, schlief ein und fing an, überlaut zu schnarchen. Der Jäger ging eben an dem Haus vorbei und dachte: Wie die alte Frau schnarcht, du musst doch sehen, ob ihr etwas fehlt. Da trat er in die Stube, und wie er vor das Bette kam, so sah er, dass der Wolf darin lag. »Finde ich dich hier, du alter Sünder«, sagte er, »ich habe dich lange gesucht.« Nun wollte er seine Büchse anlegen, da fiel ihm ein, der Wolf könnte die Großmutter gefressen haben und sie wäre noch zu retten: Schoss nicht, sondern nahm eine Schere und fing an, dem schlafenden Wolf den Bauch aufzuschneiden. Wie er ein paar Schnitte getan hatte, da sah er das rote Käppchen leuchten, und noch ein paar Schnitte, da sprang das Mädchen heraus und rief: »Ach, wie war ich erschrocken, wie war's so dunkel in dem Wolf seinem Leib!« Und dann kam die alte Großmutter auch noch lebendig heraus und konnte kaum atmen. Rotkäppchen aber holte geschwind große Steine, damit füllten sie dem Wolf den Leib, und wie er aufwachte, wollte er fortspringen, aber die Steine waren so schwer, dass er gleich niedersank und sich totfiel.

Da waren alle drei vergnügt; der Jäger zog dem Wolf den Pelz ab und ging damit heim, die Großmutter aß den Kuchen und trank den Wein, den Rotkäppchen gebracht hatte, und erholte sich wieder, Rotkäppchen aber dachte: Du willst dein Lebtag nicht wieder allein vom Wege ab in den Wald laufen, wenn dir's die Mutter verboten hat.

Es wird auch erzählt, dass einmal, als Rotkäppchen der alten Großmutter wieder Gebackenes brachte, ein anderer Wolf ihm zugesprochen und es vom Wege habe ableiten wollen. Rotkäppchen aber hütete sich und ging geradefort seines Wegs und sagte der Großmutter, dass es dem Wolf begegnet wäre, der ihm Guten Tag gewünscht, aber so bös aus den Augen geguckt hätte: »Wenn's nicht auf offner Straße gewesen wäre, er hätte mich gefressen.« – »Komm«, sagte die Großmutter, »wir wollen die Tür verschließen, dass er nicht hereinkann.« Bald darnach klopfte der Wolf an und rief: »Mach auf, Großmutter, ich bin das Rotkäppchen, ich bring dir Gebackenes.« Sie schwiegen aber still und machten die Türe nicht auf: Da schlich der Graukopf etliche Mal um das Haus, sprang endlich aufs Dach und wollte warten, bis Rotkäppchen abends nach Hause ginge, dann wollte er ihm nachschleichen und wollt's in der Dunkelheit fressen. Aber die Großmutter merkte, was er im Sinn hatte. Nun stand vor dem Haus ein großer Steintrog, da sprach sie zu dem Kind: »Nimm den Eimer, Rotkäppchen, gestern hab ich Würste gekocht, da trag das Wasser, worin sie gekocht sind, in den Trog.« Rotkäppchen trug so lange, bis der große, große Trog ganz voll war. Da stieg der Geruch der Würste dem Wolf in die Nase, er schnupperte und guckte hinab, endlich machte er den Hals so lang, dass er sich nicht mehr halten konnte und anfing zu rutschen: So rutschte er vom Dach herab, gerade in den großen Trog hinein, und ertrank. Rotkäppchen aber ging fröhlich nach Haus und tat ihm niemand etwas zuleid.

Rumpelstilzchen

Es war einmal ein Müller, der war arm, aber er hatte eine schöne Tochter. Nun traf es sich, dass er mit dem König zu sprechen kam, und um sich ein Ansehen zu geben, sagte er zu ihm: »Ich habe eine Tochter, die kann Stroh zu Gold spinnen.« Der König sprach zum Müller: »Das ist eine Kunst, die mir wohl gefällt; wenn deine Tochter so geschickt ist, wie du sagst, so bring sie morgen in mein Schloss, da will ich sie auf die Probe stellen.« Als nun das Mädchen zu ihm gebracht ward, führte er es in eine Kammer, die ganz voll Stroh lag, gab ihr Rad und Haspel und sprach: »Jetzt mache dich an die Arbeit, und wenn du diese Nacht durch bis morgen früh dieses Stroh nicht zu Gold versponnen hast, so musst du sterben.« Darauf schloss er die Kammer selbst zu und sie blieb allein darin.

Da saß nun die arme Müllerstochter und wusste um ihr Leben keinen Rat: Sie verstand gar nichts davon, wie man Stroh zu Gold spinnen konnte, und ihre Angst ward immer größer, dass sie endlich zu weinen anfing. Da ging auf einmal die Türe auf und trat ein kleines Männchen herein und sprach: »Guten Abend, Jungfer Müllerin, warum weint Sie so sehr?« – »Ach«, antwortete das Mädchen, »ich soll Stroh zu Gold spinnen und verstehe das nicht.« Sprach das Männchen: »Was gibst du mir, wenn ich dir's spinne?« – »Mein Halsband«, sagte das Mädchen. Das Männchen nahm das Halsband, setzte sich vor das Rädchen und schnurr, schnurr, schnurr, dreimal gezogen, war die Spule voll. Dann steckte es eine andere auf und schnurr, schnurr, schnurr, dreimal gezogen, war auch die zweite voll: Und so ging's fort bis zum Morgen, da war alles Stroh versponnen und alle Spulen waren voll Gold. Bei Sonnenaufgang kam schon der König, und als er das Gold erblickte, erstaunte er und freute sich, aber sein Herz ward noch goldgieriger. Er ließ die Müllerstochter in eine andere Kammer voll Stroh bringen, die noch viel größer war, und befahl ihr, das auch in einer Nacht zu spinnen, wenn ihr das Leben lieb wäre. Das Mädchen wusste sich nicht zu helfen und weinte, da ging abermals die Türe auf und das kleine Männchen erschien und sprach: »Was gibst du mir, wenn ich dir das Stroh zu Gold spinne?« – »Meinen Ring von dem Finger«, antwortete das Mädchen. Das Männchen nahm den Ring, fing wieder an zu schnurren mit dem Rade und hatte bis zum Morgen alles Stroh zu glänzendem Gold gesponnen. Der König freute sich über die Maßen bei dem Anblick, war aber noch immer nicht Goldes satt, sondern ließ die Müllerstochter in eine noch größere Kammer voll Stroh bringen und sprach: »Die musst du noch in dieser Nacht verspinnen: Gelingt dir's aber, so sollst du meine Gemahlin werden.« Wenn's auch nur eine Müllerstochter ist, dachte er, eine reichere Frau finde ich in der ganzen Welt nicht. Als das Mädchen allein war, kam das Männlein zum dritten Mal wieder und sprach: »Was gibst du mir, wenn ich dir noch diesmal das Stroh spinne?« – »Ich habe nichts mehr, was ich geben könnte«, antwortete das Mädchen. – »So versprich mir, wenn du Königin wirst, dein erstes Kind.« Wer weiß, wie das noch geht, dachte die Müllerstochter und wusste sich auch in der Not nicht anders zu helfen; sie versprach also dem Männchen, was es verlangte, und das Männchen spann dafür noch einmal das Stroh zu Gold. Und als am Morgen der König kam und alles fand, wie er gewünscht hatte, so hielt er Hochzeit mit ihr und die schöne Müllerstochter ward eine Königin. Über ein Jahr brachte sie ein schönes Kind zur Welt und dachte gar nicht mehr an das Männchen: Da trat es plötzlich in ihre Kammer und sprach: »Nun gib mir, was du versprochen hast.« Die Königin erschrak und bot dem Männchen alle Reichtümer des Königreichs an, wenn es ihr das Kind lassen wollte: Aber das Männchen sprach: »Nein, etwas Lebendes ist mir lieber als alle Schätze der Welt.« Da fing die Königin so an, zu jammern und zu weinen, dass das Männchen Mitleid mit ihr hatte: »Drei Tage will ich dir Zeit lassen«, sprach er, »wenn du bis dahin meinen Namen weißt, so sollst du dein Kind behalten.«

Nun besann sich die Königin die ganze Nacht über auf alle Namen, die sie jemals gehört hatte, und schickte einen Boten über Land, der sollte sich erkundigen weit und breit, was es sonst noch für Namen gäbe. Als am andern Tag das Männchen kam, fing sie an mit Kaspar, Melchior, Balzer und sagte alle Namen, die sie wusste, nach der Reihe her, aber bei jedem sprach das Männlein: »So heiß ich nicht.« Den zweiten Tag ließ sie in der Nachbarschaft herumfragen, wie die Leute da genannt würden, und sagte dem Männlein die ungewöhnlichsten und seltsamsten Namen vor: »Heißt du vielleicht Rippenbiest oder Hammelswade oder Schnürbein?« Aber es antwortete immer: »So heiß ich nicht.« Den dritten Tag kam der Bote wieder zurück und erzählte: »Neue Namen habe ich keinen einzigen finden können, aber wie ich an einem hohen Berg um die Waldecke kam, wo Fuchs und Has sich Gute Nacht sagen, so sah ich da ein kleines Haus und vor dem Haus brannte ein Feuer und um das Feuer sprang ein gar zu lächerliches Männchen, hüpfte auf einem Bein und schrie:

»Heute back ich, morgen brau ich,
übermorgen hol ich der Königin ihr Kind;
ach, wie gut, dass niemand weiß,
dass ich Rumpelstilzchen heiß!«

Da könnt ihr denken, wie die Königin froh war, als sie den Namen hörte, und als bald hernach das Männlein hereintrat und fragte: »Nun, Frau Königin, wie heiß ich?«, fragte sie erst: »Heißest du Kunz?« – »Nein.« – »Heißest du Heinz?« – »Nein.«

»Heißt du etwa Rumpelstilzchen?«

»Das hat dir der Teufel gesagt, das hat dir der Teufel gesagt«, schrie das Männlein und stieß mit dem rechten Fuß vor Zorn so tief in die Erde, dass es bis an den Leib hineinfuhr, dann packte es in seiner Wut den linken Fuß mit beiden Händen und riss sich selbst mitten entzwei.

Sneewittchen

Es war einmal mitten im Winter und die Schneeflocken fielen wie Federn vom Himmel herab, da saß eine Königin an einem Fenster, das einen Rahmen von schwarzem Ebenholz hatte, und nähte. Und wie sie so nähte und nach dem Schnee aufblickte, stach sie sich mit der Nadel in den Finger und es fielen drei Tropfen Blut in den Schnee. Und weil das Rote im weißen Schnee so schön aussah, dachte sie bei sich: Hätt ich ein Kind so weiß wie Schnee, so rot wie Blut und so schwarz wie das Holz des Rahmens. Bald darauf bekam sie ein Töchterlein, das war so weiß wie Schnee, so rot wie Blut und so schwarzhaarig wie Ebenholz und ward darum das *Sneewittchen* [Schneeweißchen] genannt. Und wie das Kind geboren war, starb die Königin.

Über ein Jahr nahm sich der König eine andere Gemahlin. Es war eine schöne Frau, aber sie war stolz und übermütig und konnte nicht leiden, dass sie an Schönheit von jemand sollte übertroffen werden. Sie hatte einen wunderbaren Spiegel, wenn sie vor den trat und sich darin beschaute, sprach sie:

»Spieglein, Spieglein an der Wand,
wer ist die Schönste im ganzen Land?«

So antwortete der Spiegel:

»Frau Königin, Ihr seid die Schönste im Land.«

Da war sie zufrieden, denn sie wusste, dass der Spiegel die Wahrheit sagte.

Sneewittchen aber wuchs heran und wurde immer schöner, und als es sieben Jahre alt war, war es so schön wie der klare Tag und schöner als die Königin selbst. Als diese einmal ihren Spiegel fragte:

»Spieglein, Spieglein an der Wand,
wer ist die Schönste im ganzen Land?«,

so antwortete er:

»Frau Königin, Ihr seid die Schönste hier,
aber Sneewittchen ist tausend Mal schöner als Ihr.«

Da erschrak die Königin und ward gelb und grün vor Neid. Von Stund an, wenn sie Sneewittchen erblickte, kehrte sich ihr das Herz im Leibe herum, so hasste sie das Mädchen. Und der Neid und Hochmut wuchsen wie ein Unkraut in ihrem Herzen immer höher, dass sie Tag und Nacht keine Ruhe mehr hatte. Da rief sie einen Jäger und sprach: »Bring das Kind hinaus in den Wald, ich will's nicht mehr vor meinen Augen sehen. Du sollst es töten und mir Lunge und Leber zum Wahrzeichen mitbringen.« Der Jäger gehorchte und führte es hinaus, und als er den Hirschfänger gezogen hatte und Sneewittchens unschuldiges Herz durchbohren wollte, fing es an zu weinen und sprach: »Ach, lieber Jäger, lass mir mein Leben; ich will in den wilden Wald laufen und nimmermehr wieder heimkommen.« Und weil es so schön war, hatte der Jäger Mitleid und sprach: »So lauf hin, du armes Kind.« Die wilden Tiere werden dich bald gefressen haben, dachte er und doch war's ihm, als wär ein Stein von seinem Herzen gewälzt, weil er es nicht zu töten brauchte. Und als gerade ein junger Frischling dahergesprungen kam, stach er ihn ab, nahm Lunge und Leber heraus und brachte sie als Wahrzeichen der Königin mit. Der Koch musste sie in Salz kochen und das boshafte Weib aß sie auf und meinte, sie hätte Sneewittchens Lunge und Leber gegessen.

Nun war das arme Kind in dem großen Wald mutterseelenallein und ward ihm so angst, dass es alle Blätter in den Bäumen ansah und nicht wusste, wie es sich helfen sollte. Da fing es an zu laufen und lief über die spitzen Steine und durch die Dornen und die wilden Tiere sprangen an ihm vorbei, aber sie taten ihm nichts. Es lief, solange nur die Füße noch fortkonnten, bis es bald Abend werden wollte, da sah es ein kleines Häuschen und ging hinein, sich zu ruhen. In dem Häuschen war alles klein, aber so zierlich und reinlich, dass es nicht zu sagen ist. Da stand ein weiß gedecktes Tischlein mit sieben kleinen Tellern, jedes Tellerlein mit seinem Löffelein, ferner sieben Messerlein und Gäblein und sieben Becherlein. An der Wand waren sieben Bettlein nebeneinander aufgestellt und schneeweiße Laken darüber gedeckt. Sneewittchen, weil es so hungrig und durstig war, aß von jedem Tellerlein ein wenig Gemüs' und Brot und trank aus jedem Becherlein einen Tropfen Wein; denn es wollte nicht einem allein alles wegnehmen. Hernach, weil es so müde war, legte es sich in ein Bettchen, aber keins passte; das eine war zu lang, das andere zu kurz, bis endlich das siebente recht war: Und darin blieb es liegen, befahl sich Gott und schlief ein.

Als es ganz dunkel geworden war, kamen die Herren von dem Häuslein, das waren die sieben Zwerge, die in den Bergen nach Erz hackten und gruben. Sie zündeten ihre sieben Lichtlein an, und wie es nun hell im Häuslein ward, sahen sie, dass jemand darin gewesen war, denn es stand nicht alles so in der Ordnung, wie sie es verlassen hatten. Der erste sprach: »Wer hat auf meinem Stühlchen gesessen?« Der zweite: »Wer hat von meinem Tellerchen gegessen?« Der dritte: »Wer hat von meinem Brötchen genommen?« Der vierte: »Wer hat von meinem Gemüschen gegessen?« Der fünfte: »Wer hat mit meinem Gäbelchen gestochen?« Der sechste: »Wer hat mit meinem Messerchen geschnitten?« Der siebente: »Wer hat aus meinem Becherlein getrunken?« Dann sah sich der erste um und sah, dass auf seinem Bett eine kleine Delle war, da sprach er: »Wer hat in mein Bettchen getreten?« Die andern kamen gelaufen und riefen: »In meinem hat auch jemand gelegen.« Der siebente aber, als er in sein Bett sah, erblickte Sneewittchen, das lag darin und schlief. Nun rief er die andern, die kamen herbeigelaufen und schrien vor Verwunderung, holten ihre sieben Lichtlein und beleuchteten Sneewittchen: »Ei, du mein Gott! Ei, du mein Gott!«, riefen sie. »Was ist das Kind schön!«, und hatten große Freude, dass sie es nicht aufweckten, sondern im Bettlein fortschlafen ließen. Der siebente Zwerg aber schlief bei seinen Gesellen, bei jedem eine Stunde, da war die Nacht herum.

Als es Morgen war, erwachte Sneewittchen, und wie es die sieben Zwerge sah, erschrak es. Sie waren aber freundlich und fragten: »Wie heißt du?« – »Ich heiße Sneewittchen«, antwortete es. – »Wie bist du in unser Haus gekommen?«, sprachen weiter die Zwerge. Da erzählte es ihnen, dass seine Stiefmutter es hätte wollen umbringen lassen, der Jäger hätte ihm aber das Leben geschenkt und da wär es gelaufen den ganzen Tag, bis es endlich ihr Häuslein gefunden hätte. Die Zwerge sprachen: »Willst du unsern Haushalt versehen, kochen, betten, waschen, nähen und stricken und willst du alles ordentlich und reinlich halten, so kannst du bei uns bleiben und es soll dir an nichts fehlen.« – »Ja«, sagte Sneewittchen, »von Herzen gern«, und blieb bei ihnen. Es hielt ihnen das Haus in Ordnung: Morgens gingen sie in die Berge und suchten Erz und Gold, abends kamen sie wieder und da musste ihr Essen bereit sein. Den Tag über war das Mädchen allein, da warnten es die guten Zwerglein und sprachen: »Hüte dich vor deiner Stiefmutter, die wird bald wissen, dass du hier bist; lass ja niemand herein.« Die Königin aber, nachdem sie Sneewittchens Lunge und Leber glaubte gegessen zu haben, dachte nicht anders, als sie wäre wieder die Erste und Allerschönste, trat vor ihren Spiegel und sprach:

»Spieglein, Spieglein an der Wand,
wer ist die Schönste im ganzen Land?«

Da antwortete der Spiegel:

»Frau Königin, Ihr seid die Schönste hier,

aber Sneewittchen über den Bergen
bei den sieben Zwergen
ist noch tausend Mal schöner als Ihr.«

Da erschrak sie, denn sie wusste, dass der Spiegel keine Unwahrheit sprach, und merkte, dass der Jäger sie betrogen hatte und Sneewittchen noch am Leben war. Und da sann und sann sie aufs Neue, wie sie es umbringen wollte; denn solange sie nicht die Schönste war im ganzen Land, ließ ihr der Neid keine Ruhe. Und als sie sich endlich etwas ausgedacht hatte, färbte sie sich das Gesicht und kleidete sich wie eine alte Krämerin und war ganz unkenntlich. In dieser Gestalt ging sie über die sieben Berge zu den sieben Zwergen, klopfte an die Türe und rief: »Schöne Ware feil!« Sneewittchen guckte zum Fenster heraus und rief: »Guten Tag, liebe Frau, was habt Ihr zu verkaufen?« – »Gute Ware, schöne Ware«, antwortete sie, »Schnürriemen von allen Farben«, und holte einen hervor, der aus bunter Seide geflochten war. Die ehrliche Frau kann ich hereinlassen, dachte Sneewittchen, riegelte die Türe auf und kaufte sich den hübschen Schnürriemen. »Kind«, sprach die Alte, »wie du aussiehst! Komm, ich will dich einmal ordentlich schnüren.« Sneewittchen hatte kein Arg, stellte sich vor sie und ließ sich mit dem neuen Schnürriemen schnüren: Aber die Alte schnürte geschwind und schnürte so fest, dass dem Sneewittchen der Atem verging und es für tot hinfiel. »Nun bist du die Schönste gewesen«, sprach sie und eilte hinaus.

Nicht lange darauf, zur Abendzeit, kamen die sieben Zwerge nach Haus, aber wie erschraken sie, als sie ihr liebes Sneewittchen auf der Erde liegen sahen; und es regte und bewegte sich nicht, als wäre es tot. Sie hoben es in die Höhe, und weil sie sahen, dass es zu fest geschnürt war, schnitten sie den Schnürriemen entzwei: Da fing es an, ein wenig zu atmen, und ward nach und nach wieder lebendig. Als die Zwerge hörten, was geschehen war, sprachen sie: »Die alte Krämerfrau war niemand als die gottlose Königin: Hüte dich und lass keinen Menschen herein, wenn wir nicht bei dir sind.«

Das böse Weib aber, als es nach Haus gekommen war, ging vor den Spiegel und fragte:

»Spieglein, Spieglein an der Wand,
wer ist die Schönste im ganzen Land?«

Da antwortete er wie sonst:

»Frau Königin, Ihr seid die Schönste hier,
aber Sneewittchen über den Bergen
bei den sieben Zwergen
ist noch tausend Mal schöner als Ihr.«

Als sie das hörte, lief ihr alles Blut zum Herzen, so erschrak sie, denn sie sah wohl, dass Sneewittchen wieder lebendig geworden war. »Nun aber«, sprach sie, »will ich etwas aussinnen, das dich zugrunde richten soll«, und mit Hexenkünsten, die sie verstand, machte sie einen giftigen Kamm. Dann verkleidete sie sich und nahm die Gestalt eines andern alten Weibes an. So ging sie hin über die sieben Berge zu den sieben Zwergen, klopfte an die Türe und rief: »Gute Ware feil! Feil!« Sneewittchen schaute heraus und sprach: »Geht nur weiter, ich darf niemanden hereinlassen.« – »Das Ansehen wird dir doch erlaubt sein«, sprach die Alte, zog den giftigen Kamm heraus und hielt ihn in die

Höhe. Da gefiel er dem Kinde so gut, dass es sich betören ließ und die Türe öffnete. Als sie des Kaufs einig waren, sprach die Alte: »Nun will ich dich einmal ordentlich kämmen.« Das arme Sneewittchen dachte an nichts und ließ die Alte gewähren, aber kaum hatte sie den Kamm in die Haare gesteckt, als das Gift darin wirkte und das Mädchen ohne Besinnung niederfiel. »Du Ausbund von Schönheit«, sprach das boshafte Weib, »jetzt ist's um dich geschehen«, und ging fort. Zum Glück aber war es bald Abend und die sieben Zwerglein kamen nach Haus. Als sie Sneewittchen wie tot auf der Erde liegen sahen, hatten sie gleich die Stiefmutter in Verdacht, suchten nach und fanden den giftigen Kamm, und kaum hatten sie ihn herausgezogen, so kam Sneewittchen wieder zu sich und erzählte, was vorgegangen war. Da warnten sie es noch einmal, auf seiner Hut zu sein und niemand die Türe zu öffnen.

Die Königin aber stellte sich daheim vor den Spiegel und sprach:

»Spieglein, Spieglein an der Wand,
wer ist die Schönste im ganzen Land?«

Da antwortete er wie vorher:

»Frau Königin, Ihr seid die Schönste hier,
aber Sneewittchen über den Bergen
bei den sieben Zwergen
ist noch tausend Mal schöner als Ihr.«

Als sie den Spiegel so reden hörte, zitterte und bebte sie vor Zorn. »Sneewittchen soll sterben«, rief sie, »und wenn es mein eignes Leben kostet.« Darauf ging sie in eine ganz verborgene, einsame Kammer, wo niemand hinkam, und machte da einen giftigen, giftigen Apfel. Äußerlich sah er schön aus, weiß mit roten Backen, dass jeder, der ihn erblickte, Lust danach bekam, aber wer ein Stückchen davon aß, der musste sterben. Als der Apfel fertig war, färbte sie sich das Gesicht und verkleidete sich in eine Bauersfrau und so ging sie über die sieben Berge zu den sieben Zwergen. Sie klopfte an, Sneewittchen streckte den Kopf zum Fenster heraus und sprach: »Ich darf keinen Menschen einlassen, die sieben Zwerge haben mir's verboten.« – »Mir auch recht«, antwortete die Bäuerin, »meine Äpfel will ich schon loswerden. Da, einen will ich dir schenken.« – »Nein«, sprach Sneewittchen, »ich darf nichts annehmen.« – »Fürchtest du dich vor Gift?«, sprach die Alte »Siehst du, da schneide ich den Apfel in zwei Teile; den roten Backen iss du, den weißen will ich essen.« Der Apfel war aber so künstlich gemacht, dass der rote Backen allein vergiftet war. Sneewittchen schaute den schönen Apfel an, und als es sah, dass die Bäuerin davon aß, so konnte es nicht länger widerstehen, streckte die Hand hinaus und nahm die giftige Hälfte. Kaum aber hatte es einen Bissen davon im Mund, so fiel es tot zur Erde nieder. Da betrachtete es die Königin mit grausigen Blicken und lachte überlaut und sprach: »Weiß wie Schnee, rot wie Blut, schwarz wie Ebenholz! Diesmal können dich die Zwerge nicht wieder erwecken.« Und als sie daheim den Spiegel befragte:

»Spieglein, Spieglein an der Wand,
wer ist die Schönste im ganzen Land?«,

so antwortete er endlich:

»Frau Königin, Ihr seid die Schönste im Land.«

Da hatte ihr neidisches Herz Ruhe, so gut ein neidisches Herz Ruhe haben kann.

Die Zwerglein, wie sie abends nach Haus kamen, fanden Sneewittchen auf der Erde liegen und es ging kein Atem mehr aus seinem Mund und es war tot. Sie hoben es auf, suchten, ob sie was Giftiges fänden, schnürten es auf, kämmten ihm die Haare, wuschen es mit Wasser und Wein, aber es half alles nichts; das liebe Kind war tot und blieb tot. Sie legten es auf eine Bahre und setzten sich alle siebene daran und beweinten es und weinten drei Tage lang. Da wollten sie es begraben, aber es sah noch so frisch aus wie ein lebender Mensch und hatte noch seine schönen roten Backen. Sie sprachen: »Das können wir nicht in die schwarze Erde versenken«, und ließen einen durchsichtigen Sarg von Glas machen, dass man es von allen Seiten sehen konnte, legten es hinein und schrieben mit goldenen Buchstaben seinen Namen darauf und dass es eine Königstochter wäre. Dann setzten sie den Sarg hinaus auf den Berg und einer von ihnen blieb immer dabei und bewachte ihn. Und die Tiere kamen auch und beweinten Sneewittchen, erst eine Eule, dann ein Rabe, zuletzt ein Täubchen.

Nun lag Sneewittchen lange, lange Zeit in dem Sarg und verweste nicht, sondern sah aus, als wenn es schliefe, denn es war noch so weiß als Schnee, so rot als Blut und so schwarzhaarig wie Ebenholz. Es geschah aber, dass ein Königssohn in den Wald geriet und zu dem Zwergenhaus kam, da zu übernachten. Er sah auf dem Berg den Sarg und das schöne Sneewittchen darin und las, was mit goldenen Buchstaben darauf geschrieben war. Da sprach er zu den Zwergen: »Lasst mir den Sarg, ich will euch geben, was ihr dafür haben wollt.« Aber die Zwerge antworteten: »Wir geben ihn nicht um alles Gold der Welt.« Da sprach er: »So schenkt ihn mir, denn ich kann nicht leben, ohne Sneewittchen zu sehen, ich will es ehren und hoch achten wie mein Liebstes.« Wie er so sprach, empfanden die guten Zwerglein Mitleid mit ihm und gaben ihm den Sarg. Der Königssohn ließ ihn nun von seinen Dienern auf den Schultern forttragen. Da geschah es, dass sie über einen Strauch stolperten, und von dem Schütteln fuhr der giftige Apfelgrütz, den Sneewittchen abgebissen hatte, aus dem Hals. Und nicht lange, so öffnete es die Augen, hob den Deckel vom Sarg in die Höhe und richtete sich auf und war wieder lebendig. »Ach Gott, wo bin ich?«, rief es. Der Königssohn sagte voll Freude: »Du bist bei mir«, und erzählte, was sich zugetragen hatte, und sprach: »Ich habe dich lieber als alles auf der Welt: Komm mit mir in meines Vaters Schloss, du sollst meine Gemahlin werden.« Da war ihm Sneewittchen gut und ging mit ihm und ihre Hochzeit ward mit großer Pracht und Herrlichkeit angeordnet.

Zu dem Fest wurde aber auch Sneewittchens arglose Stiefmutter eingeladen. Wie sie sich nun mit schönen Kleidern angetan hatte, trat sie vor den Spiegel und sprach:

»Spieglein, Spieglein an der Wand,
wer ist die Schönste im ganzen Land?«

Der Spiegel antwortete:

»Frau Königin, Ihr seid die Schönste hier,
aber die junge Königin ist tausend Mal schöner als Ihr.«

Da stieß das böse Weib einen Fluch aus und ward ihr so angst, so angst, dass sie sich nicht zu lassen wusste. Sie wollte zuerst gar nicht auf die Hochzeit kommen: Doch ließ es ihr keine Ruhe, sie musste fort und die junge Königin sehen. Und wie sie hineintrat, erkannte sie Sneewittchen und vor Angst und Schrecken stand sie da und konnte sich nicht regen. Aber es waren schon eiserne Pantoffeln über Kohlenfeuer gestellt und wurden mit Zangen hereingetragen und vor sie hingestellt. Da musste sie in die rot glühenden Schuhe treten und so lange tanzen, bis sie tot zur Erde fiel.

Allerleirau

Es war einmal ein König, der hatte eine Frau mit goldenen Haaren, und sie war so schön, dass sich ihresgleichen nicht mehr auf Erden fand. Es geschah, dass sie krank lag, und als fühlte sie bald, dass sie sterben würde, rief sie den König und sprach: »Wenn du nach meinem Tode dich wieder vermählen willst, so nimm keine, die nicht ebenso schön ist, als ich bin, und die nicht solche Haare hat, wie ich habe; das musst du mir versprechen!« Nachdem es ihr der König versprochen hatte, tat sie die Augen zu und starb.

Der König war lange Zeit nicht zu trösten und dachte nicht daran, eine zweite Frau zu nehmen. Endlich sprachen seine Räte: »Es geht nicht anders, der König muss sich wieder vermählen, damit wir eine Königin haben.« Nun wurden Boten weit und breit herumgeschickt, um eine Braut zu suchen, die an Schönheit der verstorbenen Königin ganz gleichkäme. Es war aber keine in der ganzen Welt zu finden, und wenn man sie auch gefunden hätte, so war doch keine da, die solche goldenen Haare gehabt hätte. Also kamen die Boten unverrichteter Sache wieder heim.

Nun hatte der König eine Tochter, die war geradeso schön wie ihre verstorbene Mutter und hatte auch solche goldenen Haare. Als sie herangewachsen war, sah sie der König einmal an und sah, dass sie in allem seiner verstorbenen Gemahlin ähnlich war, und fühlte plötzlich eine heftige Liebe zu ihr. Da sprach er zu seinen Räten: »Ich will meine Tochter heiraten, denn sie ist das Ebenbild meiner verstorbenen Frau, und sonst kann ich doch keine Braut finden, die ihr gleicht.« Als die Räte das hörten, erschraken sie und sprachen: »Gott hat verboten, dass der Vater seine Tochter heirate, aus der Sünde kann nichts Gutes entspringen und das Reich wird mit ins Verderben gezogen.« Die Tochter erschrak noch mehr, als sie den Entschluss ihres Vaters vernahm, hoffte aber, ihn von seinem Vorhaben noch abzubringen. Da sagte sie zu ihm: »Eh ich Euren Wunsch erfülle, muss ich erst drei Kleider haben: eins so golden wie die Sonne, eins so silbern wie der Mond und eins so glänzend wie die Sterne; ferner verlange ich einen Mantel von tausenderlei Pelz und Rauchwerk zusammengesetzt und ein jedes Tier in Eurem Reich muss ein Stück von seiner Haut dazugeben.« Sie dachte aber: Das anzuschaffen ist ganz unmöglich und ich bringe damit meinen Vater von seinen bösen Gedanken ab. Der König ließ aber nicht ab und die geschicktesten Jungfrauen in seinem Reiche mussten die drei Kleider weben, eins so golden wie die Sonne, eins so silbern wie der Mond und eins so glänzend wie die Sterne, und seine Jäger mussten alle Tiere im ganzen Reiche auffangen und ihnen ein Stück von ihrer Haut abziehen; daraus ward ein Mantel aus tausenderlei Rauchwerk gemacht. Endlich, als alles fertig war, ließ der König den Mantel herbeiholen, breitete ihn vor ihr aus und sprach: »Morgen soll die Hochzeit sein!«

Als nun die Königstochter sah, dass keine Hoffnung mehr war, ihres Vaters Herz umzuwandeln, so fasste sie den Entschluss zu entfliehen. In der Nacht, während alles schlief, stand sie auf und nahm von ihren Kostbarkeiten dreierlei: einen goldenen Ring, ein goldenes Spinnrädchen und ein goldenes Haspelchen; die drei Kleider von Sonne, Mond und Sterne tat sie in eine Nussschale, zog den Mantel von allerlei Rauchwerk an und machte sich Gesicht und Hände mit Ruß schwarz. Dann befahl sie sich Gott und ging fort und ging die ganze Nacht, bis sie in einen großen Wald kam. Und weil sie müde war, setzte sie sich in einen hohlen Baum und schlief ein.

Die Sonne ging auf und sie schlief fort und schlief noch immer, als es schon hoher Tag war. Da trug es sich zu, dass der König, dem dieser Wald gehörte, darin jagte. Als seine Hunde zu dem Baum kamen, schnupperten sie, liefen ringsherum und bellten. Sprach der König zu den Jägern: »Seht nach, was dort für ein Wild sich versteckt hat.« Die Jäger folgten dem Befehl, und als sie wiederkamen, sprachen sie: »In dem hohlen Baum liegt ein wunderliches Tier, wie wir noch niemals eins gesehen haben; an seiner Haut ist tausenderlei Pelz; es liegt aber und schläft.« Sprach der König: »Seht zu, ob ihr's lebendig fangen könnt, dann bindet es auf den Wagen und nehmt es mit.« Als die Jäger das

Mädchen anfassten, erwachte es voll Schrecken und rief ihnen zu: »Ich bin ein armes Kind, von Vater und Mutter verlassen, erbarmt euch mein und nehmt mich mit!« Da sprachen sie: »Allerleirau, du bist gut für die Küche, komm nur mit, da kannst du die Asche zusammenkehren.« Also setzten sie es auf den Wagen und fuhren heim in das königliche Schloss. Dort wiesen sie ihm ein Ställchen an unter der Treppe, wo kein Tageslicht hinkam, und sagten: »Rautierchen, da kannst du wohnen und schlafen.« Dann ward es in die Küche geschickt, da trug es Holz und Wasser, schürte das Feuer, rupfte das Federvieh, putzte das Gemüse, kehrte die Asche und tat alle schlechte Arbeit.

Da lebte Allerleirau lange Zeit recht armselig. Ach, du schöne Königstochter, wie soll's mit dir noch werden! Es geschah aber einmal, dass ein Fest im Schloss gefeiert ward, da sprach sie zum Koch: »Darf ich ein wenig hinaufgehen und zusehen? Ich will mich außen vor die Türe stellen.« Antwortete der Koch: »Ja, geh nur hin, aber in einer halben Stunde musst du wieder hier sein und die Asche zusammentragen!« Da nahm sie ihr Öllämpchen, ging in ihr Ställchen, zog den Pelzrock aus und wusch sich den Ruß von dem Gesicht und den Händen ab, sodass ihre volle Schönheit wieder an den Tag kam. Dann machte sie die Nuss auf und holte ihr Kleid hervor, das wie die Sonne glänzte. Und wie das geschehen war, ging sie hinauf zum Fest und alle traten ihr aus dem Weg, denn niemand kannte sie, und meinten nicht anders, als dass es eine Königstochter wäre. Der König aber kam ihr entgegen, reichte ihr die Hand und tanzte mit ihr und dachte in seinem Herzen: So schön haben meine Augen noch keine gesehen. Als der Tanz zu Ende war, verneigte sie sich, und wie sich der König umsah, war sie verschwunden und niemand wusste, wohin. Die Wächter, die vor dem Schlosse standen, wurden gerufen und ausgefragt, aber niemand hatte sie erblickt.

Sie war aber in ihr Ställchen gelaufen, hatte geschwind ihr Kleid ausgezogen, Gesicht und Hände schwarz gemacht und den Pelzmantel umgetan und war wieder Allerleirau. Als sie nun in die Küche kam und an ihre Arbeit gehen und die Asche zusammenkehren wollte, sprach der Koch: »Lass das gut sein bis morgen und koche mir da die Suppe für den König, ich will auch einmal ein bisschen oben zugucken, aber lass mir kein Haar hineinfallen, sonst kriegst du in Zukunft nichts mehr zu essen!« Da ging der Koch fort und Allerleirau kochte die Suppe für den König und kochte eine Brotsuppe, so gut es konnte, und wie sie fertig war, holte es in dem Ställchen seinen goldenen Ring und legte ihn in die Schüssel, in welche die Suppe angerichtet ward. Als der Tanz zu Ende war, ließ sich der König die Suppe bringen und aß sie und sie schmeckte ihm so gut, dass er meinte niemals eine bessere Suppe gegessen zu haben. Wie er aber auf den Grund kam, sah er da einen goldenen Ring liegen und konnte nicht begreifen, wie er dahin geraten war. Da befahl er, der Koch sollte vor ihn kommen. Der Koch erschrak, wie er den Befehl hörte, und sprach zum Allerleirau: »Gewiss hast du ein Haar in die Suppe fallen lassen; wenn's wahr ist, so kriegst du Schläge!« Als er vor den König kam, fragte dieser, wer die Suppe gekocht hätte. Antwortete der Koch: »Ich habe sie gekocht.« Der König sprach: »Das ist nicht wahr, denn sie war auf andere Art und viel besser gekocht als sonst.« Antwortete er: »Ich muss gestehen, dass ich sie nicht gekocht habe, sondern das Rautierchen.« Sprach der König: »Geh und lass es heraufkommen.«

Als Allerleirau kam, fragte der König: »Wer bist du?« – »Ich bin ein armes Kind, das keinen Vater und Mutter mehr hat.« Fragte er weiter: »Wozu bist du in meinem Schloss?« Antwortete es: »Ich bin zu nichts gut, als dass mir die Stiefel um den Kopf geworfen werden.« Fragte er weiter: »Wo hast du den Ring her, der in der Suppe war?« Antwortete es: »Von dem Ring weiß ich nichts.« Also konnte der König nichts erfahren und musste es wieder fortschicken.

Über eine Zeit war wieder ein Fest, da bat Allerleirau den Koch wie voriges Mal um Erlaubnis, zusehen zu dürfen. Antwortete er: »Ja, aber komm in einer halben Stunde wieder und koch dem König die Brotsuppe, die er so gerne isst.« Da lief es in sein Ställchen, wusch sich geschwind und nahm aus der Nuss das Kleid, das so silbern war wie der Mond, und tat es an. Da ging sie hinauf und glich einer Königstochter und der König trat ihr entgegen und freute sich, dass er sie wiedersah, und weil eben der Tanz anhub, so tanzten sie zusammen. Als aber der Tanz zu Ende war, verschwand sie wieder so schnell, dass der König nicht bemerken konnte, wo sie hinging. Sie sprang aber in ihr Ställchen und machte sich wieder zum Rautierchen und ging in die Küche, die Brotsuppe zu kochen. Als der Koch oben war, holte es das goldene Spinnrad und tat es in die Schüssel, sodass die Suppe darüber angerichtet wurde. Danach ward sie dem König gebracht, der aß sie und sie schmeckte ihm so gut wie das vorige Mal, und ließ den Koch kommen, der musste auch diesmal gestehen, dass Allerleirau die Suppe gekocht hätte. Allerleirau kam da wieder vor den König, aber sie antwortete, dass sie nur dazu da wäre, dass ihr die Stiefel an den Kopf geworfen würden und dass sie von dem goldenen Spinnrädchen gar nichts wüsste. Als der König zum dritten Mal ein Fest anstellte, da ging es nicht anders als die vorigen Male. Der Koch sprach zwar: »Du bist eine Hexe, Rautierchen, und tust immer was in die Suppe, davon sie so gut wird und dem König besser schmeckt, als was ich koche.« Doch weil sie so bat, so ließ er es auf die bestimmte Zeit hingehen. Nun zog es ein Kleid an, das wie die Sterne glänzte, und trat damit in den Saal. Der König tanzte wieder mit der schönen Jungfrau und meinte, dass sie noch niemals so schön gewesen wäre. Und während er tanzte, steckte er ihr, ohne dass sie es merkte, einen goldenen Ring an den Finger und hatte befohlen, dass der Tanz recht lang währen sollte. Wie er zu Ende war, wollte er sie an den Händen festhalten, aber sie riss sich los und sprang so geschwind unter die Leute, dass sie vor seinen Augen verschwand. Sie lief, was sie konnte, in ihr Ställchen unter der Treppe, weil sie aber zu lange und über eine halbe Stunde geblieben war, so konnte sie das schöne Kleid nicht ausziehen, sondern warf nur den Mantel von Pelz darüber und in der Eile machte sie sich auch nicht ganz rußig, sondern ein Finger blieb weiß. Allerleirau lief nun in die Küche, kochte dem

König die Brotsuppe und legte, wie der Koch fort war, den goldenen Haspel hinein. Der König, als er den Haspel auf dem Grunde fand, ließ Allerleirau rufen, da erblickte er den weißen Finger und sah den Ring, den er im Tanze ihr angesteckt hatte. Da ergriff er sie an der Hand und hielt sie fest, und als sie sich losmachen und fortspringen wollte, tat sich der Pelzmantel ein wenig auf, und das Sternenkleid schimmerte hervor. Der König fasste den Mantel und riss ihn ab. Da kamen die goldenen Haare hervor und sie stand da in voller Pracht und konnte sich nicht länger verbergen. Und als sie Ruß und Asche aus ihrem Gesicht gewischt hatte, da war sie schöner, als man noch jemand auf Erden gesehen hat. Der König aber sprach: »Du bist meine liebe Braut, und wir scheiden nimmermehr voneinander!« Darauf ward die Hochzeit gefeiert und sie lebten vergnügt bis zu ihrem Tod.

Andere deutsche Märchen

Das Schlaraffenland

Hört zu, ich will euch von einem guten Lande sagen, dahin würde mancher auswandern, wüsste er, wo selbes läge und eine gute Schiffsgelegenheit. Aber der Weg dahin ist weit für die Jungen und für die Alten, denen es im Winter zu heiß ist und zu kalt im Sommer. Diese schöne Gegend heißt Schlaraffenland, auf Welsch Cucagna, da sind die Häuser gedeckt mit Eierfladen und Türen und Wände sind von Lebkuchen und die Balken von Schweinebraten. Was man bei uns für einen Dukaten kauft, kostet dort nur einen Pfennig. Um jedes Haus steht ein Zaun, der ist von Bratwürsten geflochten und von bayerischen Würsteln, die sind teils auf dem Rost gebraten, teils frisch gesotten, je nachdem sie einer so oder so gern isst. Alle Brunnen sind voll Malvasier und andre süße Weine, auch Champagner, die rinnen einem nur so in das Maul hinein, wenn er es an die Röhren hält. Wer also gern solche Weine trinkt, der eile sich, dass er in das Schlaraffenland hineinkomme. Auf den Birken und Weiden da wachsen die Semmeln frisch gebacken und unter den Bäumen fließen Milchbäche; in diese fallen die Semmeln hinein und weichen sich selbst ein für die, die sie gern einbrocken; das ist etwas für Weiber und für Kinder, für Knechte und Mägde! Holla Gretel, holla Steffel! Wollt ihr nicht auswandern? Macht euch herbei zum Semmelbach und vergesst nicht, einen großen Milchlöffel mitzubringen. Die Fische schwimmen in dem Schlaraffenlande obendrauf auf dem Wasser, sind auch schon gebacken oder gesotten und schwimmen ganz nahe am Gestade; wenn aber einer gar zu faul ist und ein echter Schlaraff, der darf nur rufen »Bst! Bst!« – so kommen die Fische auch heraus aufs Land spaziert und hüpfen dem guten Schlaraffen in die Hand, dass er sich nicht zu bücken braucht.

Das könnt ihr glauben, dass die Vögel dort gebraten in der Luft herumfliegen, Gänse und Truthähne, Tauben und Kapaunen, Lerchen und Krammetsvögel, und wem es zu viel Mühe macht, die Hand darnach auszustrecken, dem fliegen sie schnurstracks ins Maul hinein. Die Spanferkel geraten dort alle Jahr überaus trefflich; sie laufen gebraten umher und jedes trägt ein Tranchiermesser im Rücken, damit wer da will sich ein frisches saftiges Stück abschneiden kann.

Die Käse wachsen in dem Schlaraffenlande wie die Steine, groß und klein; die Steine selbst sind lauter Taubenkröpfe mit Gefülltem oder auch kleine Fleischpastetchen. Im Winter, wenn es regnet, so regnet es lauter Honig in süßen Tropfen, da kann einer lecken und schlecken, dass es eine Lust ist, und wenn es schneit, so schneit es klaren Zucker, und wenn es hagelt, so hagelt es Würfelzucker, untermischt mit Feigen, Rosinen und Mandeln. Im Schlaraffenland legen die Rosse keine Rossäpfel, sondern Eier, große, ganze Körbe voll und ganze Haufen, sodass man tausend um einen Pfennig kauft! Und das Geld kann man von den Bäumen schütteln, wie gute Kastanien. Jeder mag sich das Beste herunterschütteln und das minder Werte liegen lassen. In dem Lande hat es auch große Wälder, da wachsen im Buschwerk und auf Bäumen die schönsten Kleider: Röcke, Mäntel, Schürzen, Hosen und Wämser von allen Farben, Schwarz, Grün, Gelb, für die Postillons, Blau oder Rot, und wer ein neues Gewand braucht, der geht in den Wald und wirft es mit einem Stein herunter oder schießt mit dem Bolzen hinauf. In der Heide wachsen schöne Damenkleider von Sammet, Atlas, Gros de Naples, Barège, Madras, Taft, Nanking und so weiter. Das Gras besteht aus Bändern von allen Farben, auch ombriert. Die Wacholderstöcke tragen Brochen und goldne Chemisett- und Mantelettnadeln und ihre Beeren sind nicht schwarz, sondern echte Perlen. An den Tannen hängen Damenuhren und kunstvolle Chatelaines. Auf den Stauden wachsen Stiefel und Schuhe, auch Herren- und Damenhüte. Reisstrohhüte und Marabous und allerlei Kopfputz mit Paradiesvögeln, Kolibris, Brillantkäfern, Perlen, Schmelz und Goldborten verziert.

Dieses edle Land hat auch zwei große Messen und Märkte mit schönen Freiheiten. Wer eine alte Frau hat und mag sie nicht mehr, weil sie ihm nicht mehr jung und hübsch genug ist, der kann sie dort gegen eine junge und schöne vertauschen und bekommt noch ein Draufgeld. Die alten und garstigen (denn ein Sprichwort sagt: Wenn man alt wird, wird man garstig) kommen in ein Jungbad, damit das Land begnadigt ist, das ist von großen Kräften; darin baden die alten Weiber etwa drei Tage oder höchstens vier, da werden schmucke Dirnlein daraus von siebzehn oder achtzehn Jahren.

Auch viel und mancherlei Kurzweil gibt es in dem Schlaraffenlande. Wer hierzulande gar kein Glück hat, der hat es dort im Spiel und Lustschießen wie im Gesellenstechen. Mancher schießt hier alle sein Lebtag nebenaus und weit vom Ziel, dort aber trifft er, und wenn er der Allerweiteste davon wäre, doch das Beste. Auch für die Schlafsäcke und Schlafpelze, die hier von ihrer Faulheit arm werden, dass sie Bankrott machen und betteln gehen müssen, ist jenes Land vortrefflich. Jede Stunde Schlafens bringt dort einen Gulden ein und jedes Gähnen einen Doppeltaler. Wer im Spiel verliert, dem fällt sein Geld wieder in die Tasche. Die Trinker haben den besten Wein umsonst und von jedem Trunk und Schlunk drei Batzen Lohn, sowohl Frauen als Männer. Wer die Leute am besten necken und aufziehen kann, bekommt jeweils einen Gulden. Keiner darf etwas umsonst tun, und wer die größte Lüge tut, der hat allemal eine Krone dafür.

Hierzulande lügt so mancher drauf und drein und hat nichts für diese seine Mühe; dort aber hält man Lügen für die beste Kunst, daher lügen sich wohl in das Land allerlei Prokura-, Dok- und andre -toren, Rosstäuscher und die Handwerksleute, die ihren Kunden stets aufreden und nimmer Wort halten.

Wer dort ein gelehrter Mann sein will, muss auf einen

Grobian studiert haben. Solcher Studenten gibt's auch bei uns zu Lande, haben aber keinen Dank davon und keine Ehren. Auch muss er dabei faul und gefräßig sein, das sind drei schöne Künste. Ich kenne einen, der kann alle Tage Professor werden.

Wer gern arbeitet, Gutes tut und Böses lässt, dem ist jedermann dort abhold, und er wird des Schlaraffenlandes verwiesen. Aber wer ein Tölpel ist, gar nichts kann und dabei doch voll dummen Dünkels, der ist dort als Edelmann angesehen. Wer nichts kann als schlafen, essen, trinken, tanzen und spielen, der wird zum Grafen ernannt. Der aber, welchen das allgemeine Stimmrecht als den Faulsten und zu allem Guten Untauglichsten erkannt, der wird König über das ganze Land und hat ein großes Einkommen.

Nun wisst ihr des Schlaraffenlandes Art und Eigenschaft. Wer sich also aufmachen und dorthin reisen will, aber den Weg nicht weiß, der frage einen Blinden; aber auch ein Stummer ist gut dazu, denn der sagt ihm gewiss keinen falschen Weg.

Um das ganze Land herum ist aber eine berghohe Mauer von Reisbrei. Wer hinein- oder herauswill, muss sich da erst hindurchfressen.

Ludwig Bechstein

Schwan, kleb an

Es waren einmal drei Brüder, von denen hieß der älteste Jakob, der zweite Friedrich und der dritte und jüngste Gottfried. Der jüngste musste sich von seinen Brüdern alle Neckereien gefallen lassen, weil er schwächlich war und sich nicht wehren konnte. Dadurch wurde ihm das Leben sauer gemacht und er sann Tag und Nacht darauf, wie er sich helfen könnte. Als er einst im Walde Holz sammeln musste und bitterlich weinte, trat ein altes Weiblein zu ihm, das fragte ihn um seine Not, und er vertraute ihr all seinen Kummer. »Ei, mein Junge«, sagte das Weiblein darauf, »ist die Welt nicht groß? Warum versuchst du nicht anderswo dein Glück?« Das nahm sich Gottfried zu Herzen und verließ eines Morgens frühe das väterliche Haus und machte sich auf den Weg in die weite Welt, sein Glück zu suchen. Aber der Abschied ging ihm doch nahe und er setzte sich auf einen Hügel nieder, um noch einmal recht das heimatliche Dorf zu betrachten.

Sieh, da stand das Weiblein hinter ihm, schlug ihn auf die Schulter und sprach: »Das hast du einmal gut gemacht, mein Junge! Aber was willst du nun anfangen?«

Gottfried dachte jetzt erst daran, was er beginnen solle. Er hatte geglaubt, das Glück müsse ihm wie eine gebratene Taube in den Mund fliegen. Das Weiblein mochte seine Gedanken erraten, lächelte und sagte: »Ich will dir sagen, was du anfangen sollst. Heute Abend, wenn die Sonne untergeht, geh an den großen Birnbaum, der dort am Kreuzweg steht. Darunter wird ein Mann liegen und schlafen, an den Baum aber wird ein großer, schöner Schwan angebunden sein; den Mann hütest du dich aufzuwecken, den Schwan aber knüpfst du los und führst ihn mit dir fort. Die Leute werden in seine schönen Federn vernarrt sein und du magst ihnen erlauben, davon eine herauszurupfen. Wenn aber der Schwan berührt wird, so wird er schreien, und wenn du sagst: ›Schwan, kleb an!‹, so wird die Hand fest ankleben und nicht eher wieder loswerden, bis du sie mit diesem Stöcklein antippst, das ich dir hiermit zum Geschenk mache. Wenn du nun so einen weidlichen Zug Menschenvögel gefangen hast, so führe sie nur immer geradeaus. Da wirst du an eine große Stadt kommen, da wohnt eine Königstochter, die noch nie gelacht hat. Bringst du sie zum Lachen, so ist dein Glück gemacht; aber dann vergiss auch mich nicht, mein Junge!« Gottfried gab das Versprechen und war mit Sonnenuntergang richtig an dem bezeichneten Baum. Der Mann lag da und schlief und ein großer, schöner Schwan war an den Baum gebunden. Gottfried knüpfte ihn los und führte ihn davon, ohne dass der Mann erwachte.

Nun traf es sich, dass Gottfried mit seinem Schwan an einer Baustätte vorüberkam, wo einige Männer mit aufgestreiften Beinkleidern Lehm kneteten; die bewunderten die schönen Federn des Vogels und ein vorwitziger Junge, der über und über voll Lehm war, sagte laut: »Ach, wenn ich doch nur eine solche Feder hätte!«

»Zieh dir eine aus!«, sprach Gottfried freundlich; der Junge griff nach dem Schweife des Vogels, der Schwan schrie; »Schwan, kleb an!«, sprach Gottfried und der Junge konnte nicht wieder loskommen, er mochte anfangen, was er wollte. Die andern lachten, je mehr der Junge schrie, bis vom nahen Bache eine Magd herzugelaufen kam, die mit hoch aufgeschürztem Rocke dort gewaschen hatte. Die fühlte Mitleid mit dem Jungen und reichte ihm die Hand, um ihn loszumachen. Der Schwan schrie. »Schwan, kleb an!«, sprach Gottfried und die Magd war ebenfalls gefangen. Als Gottfried mit seiner Beute eine Strecke gegangen war, begegnete ihm ein Schornsteinfeger; der lachte über das sonderbare Gespann und fragte die Magd, was sie denn da treibe.

»Ach, herzliebster Hans«, antwortete die Magd kläglich, »gib mir doch deine Hand und mach mich von dem verteufelten Jungen los.« – »Wenn's weiter nichts ist!«, lachte der Schornsteinfeger und gab der Magd die Hand. Der Schwan schrie. »Schwan, kleb an!«, sprach Gottfried und der schwarze Mensch war ebenfalls behext. Sie kamen nun in ein Dorf, wo eben Kirchweih war; eine Seiltänzergesellschaft gab dort Vorstellungen und der Bajazzo machte eben seine Narreteidinge. Der riss Mund und Augen auf, als er das seltsame Kleeblatt sah, das an dem Schweife des Schwans festhing. »Bist du ein Narr geworden, Schwarzer?«, lachte er. »Da ist gar nichts zu lachen!«, antwortete der Schornsteinfeger. »Das Weibsbild hält mich so fest, dass meine Hand wie angenagelt ist. Mach mich los, Bajazzo! Ich tu dir einmal einen andern Liebesdienst!« Der Bajazzo fasste die ausgestreckte Hand des Schwarzen. Der Schwan schrie. »Schwan, kleb an!«, sprach Gottfried und der Bajazzo war der Vierte im Bunde. Nun stand in der vordersten Reihe der Zuschauer der stattliche, wohlbeleibte Amtmann des Dorfes, der machte ein gar ernsthaftes Gesicht dazu und er ärgerte sich höchlich über das Blendwerk, das nicht mit rechten Dingen zugehen könne.

Sein Eifer ging so weit, dass er den Bajazzo an der ledigen Hand fasste und ihn losreißen wollte, um ihn dem Büttel zu übergeben; da schrie der Vogel und »Schwan, kleb an!«, sprach Gottfried und der Amtmann teilte das Schicksal der Vorgänger. Die Frau Amtmännin, eine lange, dürre Spindel, entsetzte sich über das Missgeschick ihres Eheherrn und riss mit Leibeskräften an seinem freien Arm. Der Schwan schrie. »Schwan, kleb an!«, sprach Gottfried und die arme Frau Amtmännin musste trotz ihres Geschreis folgen, hinfort hatte niemand mehr Lust, die Gesellschaft zu vergrößern.

Gottfried sah schon die Türme der Hauptstadt vor sich; da kam ihm eine wunderschöne Kutsche entgegen, in der eine schöne, junge, aber ernste Dame saß. Als diese den bunten Zug erblickte, brach sie jedoch in ein lautes Gelächter aus und ihre Dienerschaft lachte mit. »Die Königstochter hat gelacht!«, rief alles vor Freuden. Sie stieg aus, betrachtete sich die Sache noch genauer und lachte immer mehr bei den Kapriolen, welche die Festgebannten machten. Der Wagen musste umwenden und fuhr langsam neben Gottfried nach der Stadt zurück. Als der König die Kunde vernahm, dass seine Tochter gelacht habe, war er voll Entzücken und nahm selbst Gottfried, seinen Schwan und dessen wunderliches Gefolge in Augenschein, wobei er selbst lachen musste, dass ihm die Tränen in den Augen standen. »Du närrischer Gesell«, sprach er zu Gottfried, »weißt du, was ich dem versprochen habe, der meine Tochter zum Lachen bringt?« – »Nein«, sagte Gottfried. »So will ich dir's sagen«, antwortete der König. »Tausend Goldgulden oder ein schönes Gut. Wähle dir zwischen den beiden.« Gottfried entschied sich für das Gut. Dann berührte er den Buben, die Magd, den Schornsteinfeger, den Bajazzo, den Amtmann und die Amtmännin mit seinem Stäbchen und alle fühlten sich frei und liefen davon, als brenne die Hölle hinter ihnen her, was neues, unauslöschliches Gelächter verursachte. Da wurde die Königstochter bewegt, den schönen Schwan zu streicheln und sein Gefieder zu bewundern. Der Schwan schrie. »Schwan, kleb an!«, sprach Gottfried und so gewann er die Königstochter. Der Schwan aber erhob sich jetzt in die Lüfte und verschwand an dem blauen Horizont. Gottfried erhielt nun ein Herzogtum zum Geschenk; er erinnerte sich aber auch des alten

Weibleins, das ihm zum Glück verholfen hatte, und berief es als seiner auserwählten Braut Haushofmeisterin in seine stattliche Residenz.

Ludwig Bechstein

Die Geschichte von dem kleinen Muck

In Nicea wohnte einst ein Mann, den man, obwohl schon ein alter Geselle, nur den »kleinen Muck« nannte. Er war nämlich höchstens einen Meter hoch, dabei hatte er eine sonderbare Gestalt, denn sein Leib, so klein und zierlich er war, musste einen Kopf tragen, viel größer und dicker als der Kopf anderer Leute. Er wohnte ganz allein in einem großen Haus und kochte sich sogar selbst, auch hätte man in der Stadt nicht gewusst, ob er lebe oder gestorben sei, wenn nicht um die Mittagsstunde ein mächtiger Dampf aus dem Hause aufgestiegen wäre, doch sah man ihn oft abends auf seinem Dache auf und ab gehen, von der Straße aus glaubte man aber, nur sein großer Kopf allein laufe auf dem Dache umher.

Einmal im Monat ging der kleine Muck aus. Das war allemal ein Festtag für die Gassenbuben. Sie versammelten sich dann vor seinem Haus und warteten, bis er herauskam. Wenn dann die Türe aufging und zuerst der große

Kopf mit dem noch größeren Turban herausguckte, wenn das übrige Körperlein nachfolgte, angetan mit einem abgeschabten Mäntelein, weiten Beinkleidern und einem breiten Gürtel, an welchem ein langer Dolch hing, so lang, dass man nicht wusste, ob Muck an dem Dolch oder der Dolch an Muck stak – wenn er so heraustrat, da ertönte die Luft vom Freudengeschrei der bösen Buben, sie warfen ihre Mützen in die Höhe und tanzten wie toll um ihn her. Der kleine Muck aber grüßte sie mit ernsthaftem Kopfnicken und ging mit langsamen Schritten die Straße hinab.

Die Knaben aber liefen hinter ihm her und schrien immer: »Kleiner Muck, kleiner Muck!« Auch hatten sie ein Verslein, das sie ihm hier und da hinterhersangen. Es hieß:

»Kleiner Muck, kleiner Muck,
wohnst in einem großen Haus,
gehst nur all vier Wochen aus,
bist ein braver, kleiner Zwerg,
hast ein Köpflein wie ein Berg.
Schau dich einmal um und guck,
lauf und fang uns, kleiner Muck!«

So hatten sie schon oft ihre Kurzweil getrieben und einer von ihnen, Muley, trieb's am ärgsten; denn er zupfte ihn oft am Mäntelein und einmal trat er ihm auch von hinten auf die großen Pantoffeln, dass er hinfiel.

Dies kam ihm höchst lächerlich vor, aber das Lachen verging ihm, als er den kleinen Muck auf seines Vaters Haus zugehen sah. Er ging richtig hinein und blieb einige Zeit dort. In Begleitung des Vaters kam er wieder hinaus und Muley sah, wie der Vater ihn ehrerbietig an der Hand hielt und an der Türe unter vielen Bücklingen sich von ihm verabschiedete. Da war ihm gar nicht mehr so wohl zumute. Lange versteckte er sich. Endlich aber trieb ihn der Hunger, den er ärger fürchtete als Schläge, nach Hause und demütig und mit gesenktem Kopf trat er vor seinen Vater.

»Du hast, wie ich höre, den guten Muck beschimpft?«, sprach dieser in sehr ernstem Tone. »Ich will dir die Geschichte dieses Muck erzählen und du wirst ihn gewiss nicht mehr auslachen; vor- und nachher aber bekommst du das Gewöhnliche.«

Das Gewöhnliche aber waren fünfundzwanzig Hiebe, die er nur allzu richtig aufzuzählen pflegte. Er nahm dazu sein langes Pfeifenrohr, von dem er die Bernsteinmundspitze abschraubte. Als die fünfundzwanzig voll waren, befahl er seinem Sohn aufzumerken und erzählte ihm von dem kleinen Muck:

Der Vater des kleinen Muck, der eigentlich »Mukrah« heißt, war ein angesehener, aber armer Mann hier in Nicea. Er lebte beinahe so einsiedlerisch wie jetzt sein Sohn. Diesen konnte er nicht recht leiden, weil er sich seiner Zwerggestalt schämte, und ließ ihn daher auch in Unwissenheit aufwachsen. Der kleine Muck war noch in seinem sechzehnten Jahr ein lustiges Kind und der Vater, ein ernster Mann, tadelte ihn immer, dass er, der schon längst die Kinderschuhe zertreten haben sollte, noch so dumm und läppisch sei.

Der Alte tat aber einmal einen bösen Fall, an welchem er starb und den kleinen Muck arm und unwissend zurückließ. Die harten Verwandten, denen der Verstorbene mehr schuldig war, als er bezahlen konnte, jagten den armen Kleinen aus dem Hause und rieten ihm, in die Welt hinauszugehen und sein Glück zu suchen. Der kleine Muck antwortete, er sei schon reisefertig, bat sich nur noch den Anzug seines Vaters aus und dieser wurde ihm auch bewilligt. Sein Vater war ein großer, starker Mann gewesen, daher passten die Kleider nicht. Muck aber wusste Rat; er schnitt ab, was zu lang war, und zog dann die Kleider an. Er schien aber vergessen zu haben, dass er auch in der Weite davon schneiden müsse, daher sein sonderbarer Aufzug, wie er noch heute zu sehen ist; der große Turban, der breite Gürtel, die weiten Hosen, das blaue Mäntelein, alles dies sind Erbstücke seines Vaters, die er seitdem getragen; den langen Damaszenerdolch seines Vaters aber steckte er in den Gürtel, ergriff ein Stöcklein und wanderte zum Tor hinaus.

Fröhlich wanderte er den ganzen Tag; denn er war ja ausgezogen, um sein Glück zu suchen. Wenn er eine Scherbe auf der Erde im Sonnenschein glänzen sah, so steckte er sie zu sich, im Glauben, dass sie sich in den schönsten Diamanten verwandeln werde; sah er in der Ferne die Kuppel einer Moschee wie Feuer strahlen, sah er einen See wie einen Spiegel blinken, so eilte er voll Freude darauf zu; denn er dachte in einem Zauberland angekommen zu sein. Aber ach! Jene Trugbilder verschwanden in der Nähe und nur allzu bald erinnerten ihn seine Müdigkeit und sein vor Hunger knurrender Magen, dass er sich noch im Lande der Sterblichen befinde. So war er zwei Tage gereist unter Hunger und Kummer und verzweifelte, sein Glück zu finden;

die Früchte des Feldes waren seine einzige Nahrung, die harte Erde sein Nachtlager. Am Morgen des dritten Tages erblickte er von einer Anhöhe eine große Stadt.

Hell leuchtete der Halbmond auf ihren Zinnen, bunte Fahnen schimmerten auf den Dächern und schienen den kleinen Muck zu sich herzuwinken. Überrascht stand er stille und betrachtete Stadt und Gegend. »Ja, dort wird Klein Muck sein Glück finden«, sprach er zu sich und machte trotz seiner Müdigkeit einen Luftsprung, »dort oder nirgends.«

Er raffte alle seine Kräfte zusammen und schritt auf die Stadt zu. Aber obgleich sie ganz nahe schien, konnte er sie doch erst gegen Mittag erreichen; denn seine kleinen Glieder versagten ihm beinahe gänzlich ihren Dienst und er musste sich oft in den Schatten einer Palme setzen, um auszuruhen. Endlich war er an dem Tor der Stadt angelangt. Er legte sein Mäntelein zurecht, band den Turban schöner um, zog den Gürtel noch breiter an und steckte den langen Dolch schiefer; dann wischte er den Staub von den Schuhen, ergriff sein Stöcklein und ging mutig zum Tor hinein. Er hatte schon einige Straßen durchwandert; aber nirgends öffnete sich ihm die Türe, nirgends rief man, wie er sich vorgestellt hatte: »Kleiner Muck, komm herein und iss und trink und lass deine Füßlein ausruhen!«

Er schaute gerade auch wieder recht sehnsüchtig an einem großen, schönen Haus hinauf; da öffnete sich ein Fenster, eine alte Frau schaute heraus und rief mit singender Stimme:

»Herbei, herbei!
Gekocht ist der Brei.
Den Tisch ließ ich decken,
drum lasst es euch schmecken.
Ihr Nachbarn, herbei!
Gekocht ist der Brei.«

Die Türe des Hauses öffnete sich und Muck sah viele Hunde und Katzen hineingehen. Er stand einige Augenblicke in Zweifel, ob er der Einladung folgen sollte; endlich aber fasste er sich ein Herz und ging in das Haus. Vor ihm her gingen ein paar junge Kätzlein und er beschloss, ihnen zu folgen, weil sie vielleicht die Küche besser wüssten als er.

Als Muck die Treppe hinaufgestiegen war, begegnete er jener alten Frau, die zum Fenster herausgeschaut hatte. Sie sah ihn mürrisch an und fragte nach seinem Begehr. »Du hast ja jedermann zu deinem Brei eingeladen«, antwortete der kleine Muck, »und weil ich so gar hungrig bin, bin ich auch gekommen.« Die Alte lachte und sprach: »Woher kommst du denn, wunderlicher Gesell? Die ganze Stadt weiß, dass ich für niemand koche als für meine lieben Katzen und hier und da lade ich ihnen Gesellschaft aus der Nachbarschaft ein, wie du siehst.«

Der kleine Muck erzählte der alten Frau, wie es ihm nach seines Vaters Tod so hart ergangen sei, und bat sie, ihn heute mit ihren Katzen speisen zu lassen. Die Frau, welcher die treuherzige Erzählung des Kleinen wohl gefiel, erlaubte ihm, ihr Gast zu sein, und gab ihm reichlich zu essen und zu trinken. Als er gesättigt und gestärkt war, betrachtete ihn die Frau lange und sagte dann: »Kleiner Muck, bleibe bei mir in meinem Dienste! Du hast geringe Mühe und sollst gut gehalten sein.«

Der kleine Muck, dem der Katzenbrei geschmeckt hatte, willigte ein und wurde also der Bedienstete der Frau Ahavzi. Er hatte einen leichten, aber sonderbaren Dienst. Frau Ahavzi hatte nämlich zwei Kater und vier Katzen, diesen musste der kleine Muck alle Morgen den Pelz kämmen und mit köstlichen Salben einreiben; wenn die Frau ausging, musste er auf die Katzen achtgeben, wenn sie aßen, musste er ihnen die Schüsseln vorlegen und nachts musste er sie auf seidene Polster legen und sie mit samtenen Decken einhüllen. Auch waren noch einige kleine Hunde im Haus, die er bedienen musste, doch wurden mit diesen nicht so viele Umstände gemacht wie mit den Katzen, welche Frau Ahavzi wie ihre eigenen Kinder hielt. Übrigens führte Muck ein so einsames Leben wie in seines Vaters Haus, denn außer der Frau sah er den ganzen Tag nur Hunde und Katzen. Eine Zeit lang ging es dem kleinen Muck ganz gut; er hatte immer zu essen und wenig zu arbeiten und die alte Frau schien recht zufrieden mit ihm zu sein, aber nach und nach wurden die Katzen unartig; wenn die Alte ausgegangen war, sprangen sie wie besessen in den Zimmern umher, warfen alles durcheinander und zerbrachen manches schöne Geschirr, das ihnen im Weg stand. Wenn sie aber die Frau die Treppe heraufkommen hörten, verkrochen sie sich auf ihre Polster und wedelten ihr mit den Schwänzen entgegen, als wenn nichts geschehen wäre. Die Frau Ahavzi geriet dann in Zorn, wenn sie ihre Zimmer so verwüstet sah, und schob alles auf Muck, er mochte seine Unschuld beteuern, wie er wollte, sie glaubte ihren Katzen, die so unschuldig aussahen, mehr als ihrem Diener.

Der kleine Muck war sehr traurig, dass er also auch hier sein Glück nicht gefunden hatte, und beschloss bei sich, den Dienst der Frau Ahavzi zu verlassen. Da er aber auf seiner ersten Reise erfahren hatte, wie schlecht man ohne Geld lebt, so beschloss er, sich auf irgendeine Art den Lohn zu verschaffen, den ihm seine Gebieterin immer versprochen, aber nie gegeben hatte. Es befand sich in dem Hause der Frau Ahavzi ein Zimmer, das immer verschlossen war und dessen Inneres er nie gesehen hatte. Doch hatte er die Frau oft darin rumoren gehört und er hätte für sein Leben gern gewusst, was sie dort versteckt habe. Als er nun an sein Reisegeld dachte, fiel ihm ein, dass dort die Schätze der Frau versteckt sein könnten. Aber immer war die Tür fest verschlossen und er konnte daher den Schätzen nie beikommen.

Eines Morgens, als die Frau Ahavzi ausgegangen war, zupfte ihn eines der Hündlein, welches von der Frau immer sehr stiefmütterlich behandelt wurde, dessen Gunst er sich aber durch allerlei Liebesdienste in hohem Grade erworben hatte, an seinen weiten Beinkleidern und gebärdete sich dabei, als wenn Muck ihm folgen sollte.

Muck, welcher gerne mit den Hunden spielte, folgte ihm und siehe da, das Hündlein führte ihn in die Schlafkammer der Frau Ahavzi vor eine kleine Türe, die er nie zuvor dort bemerkt hatte. Die Türe war halb offen. Das Hündlein ging hinein und Muck folgte ihm, und wie freudig war er überrascht, als er sah, dass er sich in dem Gemach befand, das schon lange das Ziel seiner Wünsche war. Er spähte überall umher, ob er kein Geld finden könne, fand aber nichts. Nur alte Kleider und wunderlich geformte Geschirre standen umher. Eines dieser Geschirre zog seine besondere Aufmerksamkeit auf sich. Es war von Kristall und schöne Figuren waren darauf ausgeschnitten. Er hob es auf und drehte es nach allen Seiten. Aber, oh Schrecken! Er hatte nicht bemerkt, dass es einen Deckel hatte, der nur leicht darauf hingesetzt war. Der Deckel fiel herab und zerbrach in tausend Stücke.

Lange stand der kleine Muck vor Schrecken leblos. Jetzt war sein Schicksal entschieden, jetzt musste er entfliehen, sonst schlug ihn die Alte tot. Sogleich war auch seine Reise beschlossen und nur noch einmal wollte er sich umschauen, ob er nichts von den Habseligkeiten der Frau Ahavzi zu seinem Marsch brauchen könnte. Da fiel ihm ein Paar mächtig große Pantoffeln ins Auge; sie waren zwar nicht schön; aber seine eigenen konnten keine Reise mehr mitmachen; auch zogen ihn jene wegen ihrer Größe an; denn hatte er diese am Fuß, so mussten ihm hoffentlich alle Leute ansehen, dass er die Kinderschuhe vertreten habe. Er zog also schnell seine Töffelein aus und fuhr in die großen hinein. Ein Spazierstöcklein mit einem schön geschnittenen Löwenkopf schien ihm auch hier allzu unnütz in der Ecke zu stehen; er nahm es also mit und eilte zum Zimmer hinaus. Schnell ging er jetzt auf seine Kammer, zog sein Mäntelein an, setzte den väterlichen Turban auf, steckte den Dolch in den Gürtel und lief, so schnell ihn seine Füße trugen, zum Haus und zur Stadt hinaus.

Vor der Stadt lief er, aus Angst vor der Alten, immer weiter fort, bis er vor Müdigkeit beinahe nicht mehr konnte. So schnell war er in seinem Leben nicht gegangen; ja, es schien ihm, als könne er gar nicht aufhören zu rennen; denn eine unsichtbare Gewalt schien ihn fortzureißen. Endlich bemerkte er, dass es mit den Pantoffeln eine eigene Bewandtnis haben müsse; denn diese schossen immer fort und führten ihn mit sich. Er versuchte, auf allerlei Weise still zu stehen; aber es wollte nicht gelingen; da rief er in der höchsten Not, wie man den Pferden zuruft, sich selbst zu: »Oh – oh, halt, oh!« Da hielten die Pantoffeln und Muck warf sich erschöpft auf die Erde nieder.

Die Pantoffeln freuten ihn ungemein. So hatte er sich denn doch für seine Dienste etwas erworben, das ihm in der Welt auf seinem Weg, das Glück zu suchen, forthelfen konnte. Er schlief trotz seiner Freude vor Erschöpfung ein; denn das Körperlein des kleinen Muck, das einen so schweren Kopf zu tragen hatte, konnte nicht viel aushalten.

Im Traum erschien ihm das Hündlein, welches ihm im Hause der Frau Ahavzi zu den Pantoffeln verholfen hatte, und sprach zu ihm: »Lieber Muck, du verstehst den Gebrauch der Pantoffeln noch nicht recht; wisse, wenn du dich in ihnen dreimal auf dem Absatz herumdrehst, so kannst du hinfliegen, wohin du nur willst, und mit dem Stöcklein kannst du Schätze finden, denn wo Gold vergraben ist, da wird es dreimal auf die Erde schlagen, bei Silber zweimal.«

So träumte der kleine Muck. Als er aber aufwachte, dachte er über den wunderbaren Traum nach und beschloss, alsbald einen Versuch zu machen. Er zog die Pantoffeln an, lupfte einen Fuß und begann, sich auf dem Absatz umzudrehen. Wer es aber jemals versucht hat, in einem ungeheuer weiten Pantoffel dieses Kunststück dreimal hintereinander zu machen, der wird sich nicht wundern, wenn es dem kleinen Muck nicht gleich glückte, besonders wenn man bedenkt, dass ihn sein schwerer Kopf bald auf diese, bald auf jene Seite hinüberzog.

Der arme Kleine fiel einige Mal tüchtig auf die Nase; doch ließ er sich nicht abschrecken, den Versuch zu wiederholen, und endlich glückte es. Wie ein Rad fuhr er auf seinem Absatz herum, wünschte sich in die nächste große Stadt – die Pantoffeln ruderten hinauf in die Lüfte, liefen mit Windeseile durch die Wolken, und ehe sich der kleine Muck noch besinnen konnte, wie ihm geschah, befand er sich schon auf einem großen Marktplatz, wo viele Buden aufgeschlagen waren und unzählige Menschen geschäftig hin und her liefen. Er ging unter den Leuten hin und her, hielt es aber für ratsamer, sich in eine einsamere Straße zu begeben; denn auf dem Markt trat ihm bald da einer auf die Pantoffeln, dass er beinahe umfiel, bald stieß er mit seinem weit hinausstehenden Dolch den einen oder den anderen an, sodass er mit Mühe den Schlägen entging.

Der kleine Muck bedachte nun ernstlich, was er wohl anfangen könnte, um sich ein Stück Geld zu verdienen; er hatte zwar ein Stäblein, das ihm verborgene Schätze anzeigte, aber wo sollte er wohl einen Platz finden, wo Gold oder Silber vergraben wäre? Auch hätte er sich zur Not für Geld sehen lassen können; aber dazu war er doch zu stolz.

Endlich fiel ihm die Schnelligkeit seiner Füße ein. Vielleicht, dachte er, können mir meine Pantoffeln Unterhalt gewähren, und er beschloss, sich als Schnellläufer zu verdingen. Da er aber hoffen durfte, dass der König dieser Stadt solche Dienste am besten bezahle, so erfragte er den Weg zum Palast. Unter dem Tor des Palastes stand eine Wache, die ihn fragte, was er hier zu suchen habe. Auf seine Antwort, dass er einen Dienst suche, wies man ihn zum Aufseher der Sklaven. Diesem trug er sein Anliegen vor und bat ihn, ihm einen Dienst unter den königlichen Boten zu besorgen. Der Aufseher maß ihn mit seinen Augen von Kopf bis zu den Füßen und sprach: »Wie, mit deinen Füßlein, die kaum so lang als eine Spanne sind, willst du königlicher Schnellläufer werden? Hebe dich weg, ich bin nicht dazu da, mit jedem Narren Kurzweil zu machen.« Der kleine Muck versicherte ihm aber, dass es ihm vollkommen ernst sei mit seinem Antrag und dass er es mit dem Schnellsten auf eine Wette ankommen lassen wollte. Dem Aufseher kam die Sache gar lächerlich vor; er befahl ihm, sich bis auf den Abend zu einem Wettlauf bereitzuhalten, führte ihn in die Küche und sorgte dafür, dass ihm gehörig Speis und Trank gereicht wurde.

Er selbst aber begab sich zum König und erzählte ihm vom kleinen Muck und seinem Anerbieten. Der König war ein lustiger Herr, daher gefiel es ihm wohl, dass der Aufseher der Sklaven den kleinen Menschen zu einem Spaß behalten habe. Er befahl ihm, auf einer großen Wiese hinter dem Schloss Anstalten zu treffen, dass das Wettlaufen mit Bequemlichkeit von seinem ganzen Hofstaat könnte gesehen werden, und empfahl ihm nochmals, große Sorgfalt für den Zwerg zu haben. Der König erzählte seinen Prinzen und Prinzessinnen, was sie diesen Abend für ein Schauspiel haben würden, diese erzählten es wieder ihren Dienern, und als der Abend herankam, war man in gespannter Erwartung und alles, was Füße hatte, strömte hinaus auf die Wiese, wo Gerüste aufgeschlagen waren, um den großsprecherischen Zwerg laufen zu sehen.

Als der König und seine Söhne und Töchter Platz genommen hatten, trat der kleine Muck heraus auf die Wiese und machte vor den hohen Herrschaften eine überaus zierliche Verbeugung. Ein allgemeines Freudengeschrei ertönte, als man des Kleinen ansichtig wurde; eine solche Figur hatte man dort noch nie gesehen. Das Körperlein mit dem mächtigen Kopf, das Mäntelein und die weiten Beinkleider, der lange Dolch in dem breiten Gürtel, die kleinen Füßlein in den weiten Pantoffeln – nein!, es war zu drollig anzusehen, als dass man nicht hätte laut lachen sollen. Der kleine Muck ließ sich aber durch das Gelächter nicht irremachen. Er stellte sich stolz, auf sein Stöcklein gestützt, hin und erwartete seinen Gegner. Der Aufseher der Sklaven hatte nach Mucks eigenem Wunsche den besten Läufer ausgesucht. Dieser trat nun heraus, stellte sich neben den Kleinen und beide harrten auf das Zeichen. Da winkte Prinzessin Amarza – wie es ausgemacht war – mit ihrem Schleier und wie zwei Pfeile, auf dasselbe Ziel abgeschossen, flogen die beiden Wettläufer über die Wiese hin.

Von Anfang an hatte Mucks Gegner einen bedeutenden Vorsprung, aber dieser jagte ihm auf seinem Pantoffelfuhrwerk nach, erreichte ihn, überholte ihn und stand längst am Ziele, als jener noch, nach Luft schnappend, daherlief. Verwunderung und Staunen fesselten einige Augenblicke die Zuschauer, als aber der König zuerst in die Hände klatschte, da jauchzte die Menge und alle riefen: »Hoch lebe der kleine Muck, der Sieger im Wettlauf!«

Man hatte unterdessen den kleinen Muck herbeigebracht; er warf sich vor dem König nieder und sprach: »Großmächtigster König, ich habe dir hier nur eine kleine Probe meiner Kunst gegeben; wolle nur gestatten, dass man mir eine Stelle unter deinen Läufern gebe!«

Der König aber antwortete ihm: »Nein, du sollst mein Leibläufer und immer um meine Person sein, lieber Muck, jährlich sollst du hundert Goldstücke erhalten als Lohn und an der Tafel meiner ersten Diener sollst du speisen.«

So glaubte denn Muck, endlich das Glück gefunden zu haben, das er so lange suchte, und war fröhlich und wohlgemut in seinem Herzen. Auch erfreute er sich der besonderen Gnade des Königs, denn dieser gebrauchte ihn zu seinen schnellsten und geheimsten Sendungen, die er dann mit der größten Genauigkeit und mit unbegreiflicher Schnelle besorgte.

Aber die übrigen Diener des Königs waren ihm gar nicht zugetan, weil sie sich ungern durch einen Zwerg, der nichts verstand, als schnell zu laufen, in der Gunst ihres Herrn zurückgesetzt sahen. Sie veranstalteten daher manche Verschwörung gegen ihn, um ihn zu stürzen; aber alle schlugen fehl an dem großen Zutrauen, das der König in seinen geheimen Oberleibläufer – zu dieser Würde hatte er es in kurzer Zeit gebracht – setzte.

Muck, dem diese Bewegungen gegen ihn nicht entgingen, dachte nicht an Rache, dazu hatte er ein zu gutes Herz, nein, auf Mittel sann er, sich bei seinen Feinden beliebt zu machen. Da fiel ihm sein Stäblein ein, das er in seinem Glück außer Acht gelassen hatte; wenn er Schätze finde, dachte er, würden ihm die Herren schon geneigter werden. Er hatte schon oft gehört, dass der Vater des jetzigen Königs viele seiner Schätze vergraben habe, als der Feind sein Land überfallen; man sagte auch, er sei darüber gestorben, ohne dass er sein Geheimnis habe seinem Sohn mitteilen können. Von nun an nahm Muck immer sein Stöcklein mit, in der Hoffnung, einmal an einem Ort vorüberzugehen, wo das Geld des alten Königs vergraben sei. Eines Abends führte ihn der Zufall in einen entlegenen Teil des Schlossgartens, den er wenig besuchte, und plötzlich fühlte er das Stöcklein in seiner Hand zucken und dreimal schlug es gegen den Boden. Nun wusste er schon, was dies zu bedeuten hatte. Er zog daher seinen Dolch heraus, machte Zeichen in die umstehenden Bäume und schlich sich wieder ins Schloss. Dort verschaffte er sich einen Spaten und wartete die Nacht zu seinem Unternehmen ab.

Das Schatzgraben selbst machte übrigens dem kleinen Muck mehr zu schaffen, als er geglaubt hatte. Seine Arme waren gar zu schwach, sein Spaten aber groß und schwer; und er mochte wohl schon zwei Stunden gearbeitet haben, ehe er ein paar Fuß tief gegraben hatte. Endlich stieß er auf etwas Hartes, das wie Eisen klang. Er grub jetzt emsiger und bald hatte er einen großen, eisernen Deckel zutage gefördert; er stieg selbst in die Grube hinab, um nachzuspähen, was wohl der Deckel könnte bedeckt haben, und fand richtig einen großen Topf, mit Goldstücken angefüllt. Aber seine schwachen Kräfte reichten nicht hin, den Topf zu heben, daher steckte er in seine Beinkleider und seinen Gürtel, so viel er zu tragen vermochte, und auch sein Mäntelein füllte er damit und bedeckte das Übrige wieder sorgfältig. Aber wahrlich, wenn er die Pantoffeln nicht an den Füßen gehabt hätte, er wäre nicht vom Fleck gekommen, so zog ihn die Last des Goldes auf seinem Rücken nieder. Doch unbemerkt kam er auf sein Zimmer und verwahrte dort sein Gold unter den Polstern seines Sofas.

Als der kleine Muck sich im Besitz so vielen Goldes sah, glaubte er, das Blatt werde sich jetzt wenden und er werde sich unter seinen Feinden am Hofe viele Gönner und warme Anhänger erwerben. Aber schon daran konnte man erkennen, dass der gute Muck keine gar sorgfältige Erziehung genossen haben musste, sonst hätte er sich wohl nicht einbilden können durch Gold wahre Freunde zu gewinnen. Ach, dass er damals seine Pantoffeln geschmiert und sich mit seinem Mäntelein voll Gold aus dem Staub gemacht hätte!

Das Gold, das der kleine Muck von jetzt an mit vollen Händen austeilte, erweckte den Neid der übrigen Hofbediensteten. Der Küchenmeister Ahuli sagte: »Er ist ein Falschmünzer.« Der Sklavenaufseher Achmet sagte: »Er hat's dem König abgeschwatzt.«

Archaz, der Schatzmeister, aber, sein ärgster Feind, der selbst hier und da einen Griff in des Königs Kasse tun mochte, sagte geradezu: »Er hat's gestohlen.«

Um nun ihrer Sache gewiss zu sein, verabredeten sie sich und der Obermundschenk Korchuz stellte sich eines Tages recht traurig und niedergeschlagen vor die Augen des Königs. Er machte seine traurigen Gebärden so auffallend, dass ihn der König fragte, was ihm fehle.

»Ah«, antwortete er, »ich bin traurig, dass ich die Gnade meines Herrn verloren habe.«

»Was fabelst du, Freund Korchuz?«, entgegnete ihm der König. »Seit wann hätte ich die Sonne meiner Gnade nicht über dich leuchten lassen?« Der Obermundschenk antwortete ihm, dass er ja den geheimen Oberleibläufer mit Gold belade, seinen armen, treuen Dienern aber nichts gebe.

Der König war sehr erstaunt über diese Nachricht, ließ sich die Goldausteilungen des kleinen Muck erzählen und die Verschworenen brachten ihm leicht den Verdacht bei, dass Muck auf irgendeine Art das Gold aus der Schatzkammer gestohlen habe. Sehr lieb war diese Wendung der Sache dem Schatzmeister, der ohnehin nicht gerne seine Abrechnungen vorlegte. Der König gab daher den Befehl, heimlich auf alle Schritte des kleinen Muck achtzugeben, um ihn womöglich auf der Tat zu ertappen.

Als nun in der Nacht, die auf diesen Unglückstag folgte, der kleine Muck, da er durch seine Freigebigkeit seine Kasse sehr erschöpft sah, den Spaten nahm und in den Schlossgarten schlich, um dort von seinem geheimen Schatze neuen Vorrat zu holen, folgten ihm von Weitem die Wachen, von dem Küchenmeister Ahuli und Archaz, dem Schatzmeister, angeführt, und in dem Augenblick, da er das Gold aus dem Topf in sein Mäntelein legen wollte, fielen sie über ihn her, banden ihn und führten ihn sogleich vor den König. Dieser, den ohnehin die Unterbrechung seines Schlafes mürrisch gemacht hatte, empfing seinen armen Oberleibläufer sehr ungnädig und stellte sogleich das Verhör über ihn an. Man hatte den Topf vollends aus der Erde gegraben und mit dem Spaten und mit dem Mäntelein voll Gold vor die Füße des Königs gesetzt. Der Schatzmeister sagte aus, dass er mit seinen Wachen den Muck überrascht habe, wie er diesen Topf mit Gold gerade in die Erde gegraben habe.

Der König befragte hierauf den Angeklagten, ob es wahr sei und woher er das Gold, das er vergraben, bekommen habe.

Der kleine Muck, im Gefühl seiner Unschuld, sagte aus, dass er diesen Topf im Garten entdeckt habe, dass er ihn nicht habe ein-, sondern ausgraben wollen.

Alle Anwesenden lachten laut über diese Entschuldigung, der König aber, aufs Höchste erzürnt über die vermeintliche Frechheit des Kleinen, rief aus: »Wie, Elender! Du willst deinen König so dumm und schändlich belügen, nachdem du ihn bestohlen hast? Schatzmeister Archaz! Ich fordere dich auf zu sagen, ob du diese Summe Goldes für die nämliche erkennst, die in meinem Schatze fehlt.«

Der Schatzmeister aber antwortete, er sei seiner Sache ganz gewiss, so viel und noch mehr fehle seit einiger Zeit von dem königlichen Schatz und er könne einen Eid darauf ablegen, dass dies das Gestohlene sei.

Da befahl der König, den kleinen Muck in enge Ketten zu legen und in den Turm zu führen; dem Schatzmeister aber übergab er das Gold, um es wieder in den Schatz zu tragen. Vergnügt über den glücklichen Ausgang der Sache, zog dieser ab und zählte zu Haus die blinkenden Goldstücke; aber das hat dieser schlechte Mann niemals angezeigt, dass unten in dem Topf ein Zettel lag, der sagte: »Der Feind hat mein Land überschwemmt, daher verberge ich hier einen Teil meiner Schätze; wer es auch finden mag, den treffe der Fluch seines Königs, wenn er es nicht sogleich meinem Sohne ausliefert! König Sadi.«

Der kleine Muck stellte in seinem Kerker traurige Betrachtungen an; er wusste, dass auf Diebstahl an königlichen Sachen der Tod stand, und doch mochte er das Geheimnis mit dem Stäbchen dem König nicht verraten, weil er mit Recht fürchtete, dieses und seiner Pantoffeln beraubt zu werden. Seine Pantoffeln konnten ihm leider auch keine Hilfe bringen; denn da er in engen Ketten an die Mauer geschlossen war, konnte er, sosehr er sich quälte, sich nicht auf dem Absatz umdrehen. Als ihm aber am anderen Tage sein Tod angekündigt wurde, da gedachte er doch, es sei besser, ohne das Zauberstäbchen zu leben, als mit ihm zu sterben, ließ den König um geheimes Gehör bitten und entdeckte ihm das Geheimnis. Der König maß von Anfang an seinem Geständnis keinen Glauben bei; aber der kleine Muck versprach eine Probe, wenn ihm der König zugestünde, dass er nicht getötet werden solle.

Der König gab ihm sein Wort darauf und ließ, von Muck ungesehen, einiges Gold in die Erde graben und befahl diesem, mit seinem Stäbchen zu suchen. In wenigen Augenblicken hatte er es gefunden; denn das Stäbchen schlug deutlich dreimal auf die Erde. Da merkte der König, dass ihn sein Schatzmeister betrogen hatte, und sandte ihm, wie es im Morgenland gebräuchlich ist, eine seidene Schnur, damit er sich selbst erdrossle. Zum kleinen Muck aber sprach er: »Ich habe dir zwar dein Leben versprochen; aber es scheint mir, als ob du nicht nur dieses Geheimnis mit dem Stäbchen besitzest. Darum bleibst du in ewiger Gefangenschaft, wenn du nicht gestehst, was für eine Bewandtnis es mit deinem Schnelllaufen hat.«

Der kleine Muck, dem die einzige Nacht im Turm alle Lust zu längerer Gefangenschaft genommen hatte, bekannte, dass seine ganze Kunst in den Pantoffeln liege, doch lehrte er den König nicht das Geheimnis von dem dreimaligen Umdrehen auf dem Absatz. Der König schlüpfte selbst in die Pantoffeln, um die Probe zu machen, und jagte wie unsinnig im Garten umher; oft wollte er anhalten; aber er wusste nicht, wie man die Pantoffeln zum Stehen brachte, und der kleine Muck, der sich diese kleine Rache nicht versagen konnte, ließ ihn laufen, bis er ohnmächtig niederfiel.

Als der König wieder zur Besinnung zurückgekehrt war, war er schrecklich aufgebracht über den kleinen Muck, der ihn so ganz außer Atem hatte laufen lassen. »Ich habe dir mein Wort gegeben, dir Freiheit und Leben zu schenken; aber innerhalb zwölf Stunden musst du mein Land verlassen, sonst lasse ich dich aufknöpfen!« Die Pantoffeln und das Stäbchen aber ließ er in seine Schatzkammer legen.

So arm wie je wanderte der kleine Muck zum Land hinaus, seine Torheit verwünschend, die ihm vorgespiegelt hatte, er könne eine bedeutende Rolle am Hofe spielen.

Das Land, aus dem er gejagt wurde, war zum Glück nicht groß, daher war er schon nach acht Stunden an der Grenze, obgleich ihn das Gehen, da er an seine lieben Pantoffeln gewöhnt war, sehr sauer ankam. Als er über der Grenze war, verließ er die gewöhnliche Straße, um die dichteste Einöde der Wälder aufzusuchen und dort nur für sich zu leben; denn er war allen Menschen gram. In einem dichten Walde traf er auf einen Platz, der ihm zu dem Entschluss, den er gefasst hatte, ganz tauglich schien. Ein klarer Bach, von großen, schattigen Feigenbäumen umgeben, ein weicher Rasen luden ihn ein; hier warf er sich nieder mit dem Entschluss, keine Speise mehr zu sich zu nehmen, sondern den Tod zu erwarten. Über traurigen Todesbetrachtungen schlief er ein; als er aber wieder aufwachte und der Hunger ihn zu quälen anfing, bedachte er doch, dass der Hungertod eine gefährliche Sache sei, und sah sich um, ob er nirgends etwas zu essen bekommen könnte.

Köstliche, reife Feigen hingen an dem Baume, unter welchem er geschlafen hatte; er stieg hinauf, um sich einige zu pflücken, ließ es sich trefflich schmecken und ging dann hinunter an den Bach, um seinen Durst zu löschen. Aber wie groß war sein Schrecken, als ihm das Wasser seinen Kopf mit zwei gewaltigen Ohren und einer dicken, langen Nase geschmückt zeigte! Bestürzt griff er mit den Händen nach den Ohren und wirklich, sie waren über eine halbe Elle lang.

»Ich verdiene Eselsohren«, rief er aus; »denn ich habe mein Glück wie ein Esel mit Füßen getreten!« Er wanderte unter den Bäumen umher, und als er wieder Hunger fühlte, musste er noch einmal zu den Feigen seine Zuflucht nehmen; denn sonst fand er nichts Essbares an den Bäumen. Als ihm über der zweiten Portion Feigen einfiel, ob wohl seine Ohren nicht unter seinem großen Turban Platz hätten, damit er doch nicht gar zu lächerlich aussehe, fühlte er, dass seine Ohren verschwunden waren. Er lief gleich an den Bach zurück, um sich davon zu überzeugen, und wirklich, es war so, seine Ohren hatten ihre vorige Gestalt, seine lange, unförmige Nase war nicht mehr. Jetzt merkte er aber, wie dies gekommen war; von dem ersten Feigenbaum hatte er die lange Nase und Ohren bekommen, der zweite hatte ihn geheilt; freudig erkannte er, dass sein gütiges Geschick ihm noch einmal die Mittel in die Hand gebe, glücklich zu sein. Er pflückte daher von jedem Baum so viel, wie er tragen konnte, und ging in das Land zurück, das er vor Kurzem verlassen hatte. Dort machte er sich in dem ersten Städtchen durch andere Kleider ganz unkenntlich und ging dann weiter auf die Stadt zu, die jener König bewohnte, und kam auch bald dort an.

Es war gerade zu einer Jahreszeit, wo reife Früchte noch ziemlich selten waren; der kleine Muck setzte sich daher unter das Tor des Palastes; denn ihm war von früherer Zeit her wohlbekannt, dass hier solche Seltenheiten von dem Küchenmeister für die königliche Tafel eingekauft wurden. Muck hatte noch nicht lange gesessen, als er den Küchenmeister über den Hof herüberschreiten sah. Er musterte die Waren der Verkäufer, die sich am Tor des Palastes eingefunden hatten; endlich fiel sein Blick auch auf Mucks Körbchen. »Ah, ein seltener Bissen«, sagte er, »der Ihro Majestät gewiss behagen wird. Was willst du für den ganzen Korb?« Der kleine Muck bestimmte einen mäßigen Preis und sie waren bald des Handels einig. Der Küchenmeister übergab den Korb einem Sklaven und ging weiter; der kleine Muck aber machte sich einstweilen aus dem Staub, weil er befürchtete, wenn sich das Unglück an den Köpfen des Hofes zeigte, möchte man ihn als Verkäufer aufsuchen und bestrafen.

Der König war bei Tisch sehr heiter gestimmt und sagte seinem Küchenmeister ein über das andere Mal Lobsprüche wegen seiner guten Küche und der Sorgfalt, mit der er immer das Seltenste für ihn aussuche. Der Küchenmeister aber, welcher wohl wusste, welchen Leckerbissen er noch im Hintergrund habe, schmunzelte gar freundlich und ließ nur einzelne Worte fallen wie »Es ist noch nicht aller Tage Abend« oder »Ende gut, alles gut«, sodass die Prinzessinnen sehr neugierig wurden, was er wohl noch bringen werde. Als er aber die schönen, einladenden Feigen auftragen ließ, da entfloh ein allgemeines »Ah!« dem Munde der Anwesenden.

»Wie reif, wie appetitlich!«, rief der König. »Küchenmeister, du bist ein ganzer Kerl und verdienst unsere ganz besondere Gnade!« Also sprechend, teilte der König, der mit solchen Leckerbissen sehr sparsam zu sein pflegte, mit eigener Hand die Feigen an seiner Tafel aus. Jeder Prinz und jede Prinzessin bekamen zwei, die Hofdamen und die Wesire und Agas eine, die übrigen stellte er vor sich hin und begann mit großem Behagen, sie zu verschlingen.

»Aber, lieber Gott, wie siehst du so wunderlich aus, Vater?«, rief auf einmal die Prinzessin Amarza. Alle sahen den

König erstaunt an; ungeheure Ohren hingen ihm am Kopf, eine lange Nase zog sich über sein Kinn herunter; auch sich selbst betrachteten sie untereinander mit Staunen und Schrecken; alle waren mehr oder minder mit dem sonderbaren Kopfputz geschmückt. Man denke sich den Schrecken des Hofes! Man schickte sogleich nach allen Ärzten der Stadt; sie kamen haufenweise, verordneten Pillen und Mixturen; aber die Ohren und die Nasen blieben. Man operierte einen der Prinzen; aber die Ohren wuchsen nach.

Muck hatte die ganze Geschichte in seinem Versteck, wohin er sich zurückgezogen hatte, gehört und erkannte, dass es jetzt Zeit sei zu handeln. Er hatte sich schon vorher von dem Erlös aus dem Verkauf der Feigen einen Anzug verschafft, der ihn als Gelehrten darstellen konnte; ein langer Bart aus Ziegenhaaren vollendete die Täuschung. Mit einem Säckchen voll Feigen wanderte er in den Palast des Königs und bot als fremder Arzt seine Hilfe an. Man war anfangs sehr ungläubig; als aber der kleine Muck eine Feige einem der Prinzen zu essen gab und Ohren und Nase dadurch in den alten Zustand zurückbrachte, da wollte alles von dem fremden Arzte geheilt sein. Aber der König nahm ihn schweigend bei der Hand und führte ihn in sein Gemach; dort schloss er eine Türe auf, die in die Schatzkammer führte, und winkte Muck, ihm zu folgen. »Hier sind meine Schätze«, sprach der König, »wähle dir, was es auch sei, es soll dir gewährt werden, wenn du mich von diesem schmachvollen Übel befreist.« Das war süße Musik in des kleinen Muck Ohren; er hatte gleich beim Eintritt seine Pantoffeln auf dem Boden stehen sehen, gleich daneben lag auch sein Stäbchen. Er ging nun umher in dem Saal, als wenn er die Schätze des Königs bewundern wollte. Kaum aber war er an seine Pantoffeln gekommen, so schlüpfte er eilends hinein, ergriff sein Stäbchen, riss seinen falschen Bart herab und zeigte dem erstaunten König das wohl bekannte Gesicht seines verstoßenen Muck. »Treuloser König«, sprach er, »der du treue Dienste mit Undank lohnst, nimm als wohlverdiente Strafe die Missgestalt, die du trägst. Die Ohren lass ich dir zurück, damit sie dich täglich erinnern an den kleinen Muck.« Als er so gesprochen hatte, drehte er sich schnell auf dem Absatz herum, wünschte sich weit hinweg, und ehe noch der König um Hilfe rufen konnte, war der kleine Muck entflohen. Seitdem lebt der kleine Muck hier in großem Wohlstand, aber einsam; denn er verachtet die Menschen. Er ist durch Erfahrung ein weiser Mann geworden, welcher, wenn auch sein Äußeres etwas Auffallendes haben mag, deine Bewunderung mehr als deinen Spott verdient.

Als Muley die Geschichte gehört hatte, zeigte er sich reumütig wegen seines rohen Betragens gegen den guten, kleinen Mann und sein Vater erließ ihm die andere Hälfte der Strafe, die er ihm zugedacht hatte. Muley aber erzählte seinen Kameraden die wunderbaren Schicksale des Kleinen. Da gewannen ihn alle so lieb, dass ihn keiner mehr schimpfte. Im Gegenteil, sie ehrten ihn, solange er lebte, und haben sich vor ihm immer so tief gebückt wie vor Kadi und Mufti.

Wilhelm Hauff

Kalif Storch

An einem schönen Nachmittag saß einmal der Kalif Chasid zu Bagdad behaglich auf seinem Sofa; er hatte ein wenig geschlafen, denn es war ein heißer Tag, und sah nun nach seinem Schläfchen recht heiter aus. Er rauchte aus einer langen Pfeife von Rosenholz, trank hier und da ein wenig Kaffee, den ihm ein Sklave einschenkte, und strich sich allemal vergnügt den Bart, wenn es ihm geschmeckt hatte. Kurz, man sah dem Kalifen an, dass es ihm recht wohl war. Um diese Stunde konnte man gar gut mit ihm reden, weil er da immer recht mild und leutselig war, deswegen besuchte ihn auch sein Großwesir Mansor alle Tage um diese Zeit. An diesem Nachmittage nun kam er auch, sah aber sehr nachdenklich aus, ganz gegen seine Gewohnheit. Der Kalif tat die Pfeife ein wenig aus dem Mund und sprach: »Warum machst du ein so nachdenkliches Gesicht, Großwesir?«

Der Großwesir schlug seine Arme kreuzweis über die Brust, verneigte sich vor seinem Herrn und antwortete:

»Herr, ob ich ein nachdenkliches Gesicht mache, weiß ich nicht, aber da drunten am Schloss steht ein Krämer, der hat so schöne Sachen, dass es mich ärgert, nicht viel überflüssiges Geld zu haben.«

Der Kalif, der seinem Großwesir schon lange gerne eine Freude gemacht hätte, schickte seinen schwarzen Sklaven hinunter, um den Krämer heraufzuholen. Bald kam der Sklave mit dem Krämer zurück. Dieser war ein kleiner, dicker Mann, schwarzbraun im Gesicht und in zerlumptem Anzug. Er trug einen Kasten, in welchem er allerhand Waren hatte, Perlen und Ringe, reich beschlagene Pistolen, Becher und Kämme. Der Kalif und sein Wesir musterten alles durch und der Kalif kaufte endlich für sich und Mansor schöne Pistolen, für die Frau des Wesirs aber einen Kamm. Als der Krämer seinen Kasten schon wieder zumachen wollte, sah der Kalif eine kleine Schublade und fragte, ob da auch noch Waren seien. Der Krämer zog die Schublade heraus und zeigte darin eine Dose mit schwärzlichem Pulver und ein Papier mit sonderbarer Schrift, die weder der Kalif noch Mansor lesen konnte. »Ich bekam einmal diese zwei Stücke von einem Kaufmanne, der sie in Mekka auf der Straße fand«, sagte der Krämer. »Ich weiß nicht, was sie enthalten; Euch stehen sie um geringen Preis zu Dienst, ich kann doch nichts damit anfangen.«

Der Kalif, der in seiner Bibliothek gerne alte Manuskripte hatte, wenn er sie auch nicht lesen konnte, kaufte Schrift und Dose und entließ den Krämer. Der Kalif aber dachte, er möchte gerne wissen, was die Schrift enthalte, und fragte den Wesir, ob er keinen kenne, der es entziffern könnte.

»Gnädigster Herr und Gebieter«, antwortete dieser, »an der großen Moschee wohnt ein Mann, er heißt Selim der Gelehrte, der versteht alle Sprachen, lass ihn kommen, vielleicht kennt er diese geheimnisvollen Schriftzüge.«

Der Gelehrte Selim war bald herbeigeholt. »Selim«, sprach zu ihm der Kalif, »Selim, man sagt, du seiest sehr gelehrt; guck einmal ein wenig in diese Schrift, ob du sie lesen kannst; kannst du sie lesen, so bekommst du ein neues Festkleid von mir, kannst du es nicht, so bekommst du zwölf Backenstreiche und fünfundzwanzig auf die Fußsohlen, weil man dich dann umsonst Selim den Gelehrten nennt.«

Selim verneigte sich und sprach: »Dein Wille geschehe, oh Herr!« Lange betrachtete er die Schrift, plötzlich aber rief er aus: »Das ist Lateinisch, oh Herr, oder ich lass mich hängen.« – »Sag, was drinsteht«, befahl der Kalif, »wenn es Lateinisch ist.«

Selim fing an zu übersetzen: »Mensch, der du dieses findest, preise Allah für seine Gnade. Wer von dem Pulver in dieser Dose schnupft und dazu spricht: ›Mutabor‹, der kann sich in jedes Tier verwandeln und versteht auch die Sprache der Tiere. Will er wieder in seine menschliche Gestalt zurückkehren, so neige er sich dreimal gen Osten und spreche jenes Wort; aber hüte dich, wenn du verwandelt bist, dass du nicht lachest, sonst verschwindet das Zauberwort gänzlich aus deinem Gedächtnis und du bleibst ein Tier.«

Als Selim der Gelehrte also gelesen hatte, war der Kalif über die Maßen vergnügt. Er ließ den Gelehrten schwören niemandem etwas von dem Geheimnis zu sagen, schenkte ihm ein schönes Kleid und entließ ihn. Zu seinem Großwesir aber sagte er: »Das heiß ich gut einkaufen, Mansor! Wie freue ich mich darauf, ein Tier zu sein. Morgen früh kommst du zu mir; wir gehen dann miteinander aufs Feld, schnupfen etwas aus meiner Dose und belauschen dann, was in der Luft und im Wasser, im Wald und Feld gesprochen wird!«

Kaum hatte am anderen Morgen der Kalif Chasid gefrühstückt und sich angekleidet, als schon der Großwesir erschien, ihn, wie er befohlen, auf dem Spaziergang zu begleiten. Der Kalif steckte die Dose mit dem Zauberpulver in den Gürtel, und nachdem er seinem Gefolge befohlen zurückzubleiben, machte er sich mit dem Großwesir ganz allein auf den Weg. Sie gingen zuerst durch die weiten Gärten des Kalifen, spähten aber vergebens nach etwas Lebendigem, um ihr Kunststück zu probieren. Der Wesir schlug endlich vor, weiter hinaus an einen Teich zu gehen, wo er schon oft viele Tiere, namentlich Störche, gesehen habe, die durch ihr gravitätisches Wesen und ihr Geklapper immer seine Aufmerksamkeit erregt hatten.

Der Kalif billigte den Vorschlag seines Wesirs und ging mit ihm dem Teich zu. Als sie dort angekommen waren, sahen sie einen Storch ernsthaft auf und ab gehen, Frösche suchend und hier und da etwas vor sich hin klappernd. Zugleich sahen sie auch weit oben in der Luft einen anderen Storch dieser Gegend zuschweben. »Ich wette meinen Bart, gnädigster Herr«, sagte der Großwesir, »wenn nicht diese zwei Langfüßler ein schönes Gespräch miteinander führen werden. Wie wäre es, wenn wir Störche würden?«

»Wohl gesprochen!«, antwortete der Kalif. »Aber vorher wollen wir noch einmal betrachten, wie man wieder Mensch wird. – Richtig! Dreimal gen Osten geneigt und ›mutabor‹ gesagt, so bin ich wieder Kalif und du Wesir. Aber nur um Himmels willen nicht gelacht, sonst sind wir verloren!«

Während der Kalif also sprach, sah er den anderen Storch über ihrem Haupte schweben und langsam sich zur Erde lassen. Schnell zog er die Dose aus dem Gürtel, nahm eine gute Prise, bot sie dem Großwesir dar, der gleichfalls schnupfte, und beide riefen: »Mutabor!«

Da schrumpften ihre Beine ein und wurden dünn und rot, die schönen gelben Pantoffeln des Kalifen und seines Begleiters wurden unförmige Storchfüße, die Arme wurden zu Flügeln, der Hals fuhr aus den Achseln und ward eine Elle lang, der Bart war verschwunden und den Körper bedeckten weiche Federn. »Ihr habt einen hübschen Schnabel, Herr Großwesir«, sprach nach langem Erstaunen der Kalif. »Beim Bart des Propheten, so etwas habe ich in meinem Leben nicht gesehen.«

»Danke untertänigst«, erwiderte der Großwesir, indem er sich bückte, »aber wenn ich es wagen darf, möchte ich behaupten, Eure Hoheit sehen als Storch beinahe noch hübscher aus denn als Kalif. Aber kommt, wenn es Euch gefällig ist, dass wir unsere Kameraden dort belauschen und erfahren, ob wir wirklich die Storchensprache verstehen können.«

Indem war der andere Storch auf der Erde angekommen; er putzte sich mit dem Schnabel seine Füße, legte seine

Federn zurecht und ging auf den ersten Storch zu. Die beiden neuen Störche aber beeilten sich, in ihre Nähe zu kommen, und vernahmen zu ihrem Erstaunen folgendes Gespräch:

»Guten Morgen, Frau Langbein, so früh schon auf der Wiese?«

»Schönen Dank, liebe Klapperschnabel! Ich habe mir ein kleines Frühstück geholt. Ist Euch vielleicht ein Viertelchen Eidechse gefällig oder ein Froschschenkelchen?«

»Danke gehorsamst; hab heute gar keinen Appetit. Ich komme auch wegen etwas ganz anderem auf die Wiese. Ich soll heute vor den Gästen meines Vaters tanzen und da will ich mich im Stillen ein wenig üben.«

Zugleich schritt die junge Störchin in zierlichen Bewegungen durch das Feld. Der Kalif und Mansor sahen ihr verwundert nach; als sie aber in malerischer Stellung auf einem Fuß stand und mit den Flügeln anmutig dazu wedelte, da konnten sich die beiden nicht mehr halten; ein unaufhaltsames Gelächter brach aus ihren Schnäbeln hervor, von dem sie sich erst nach langer Zeit erholten. Der Kalif fasste sich zuerst wieder: »Das war einmal ein Spaß«, rief er, »der nicht mit Gold zu bezahlen ist; schade, dass die Tiere durch unser Gelächter sich haben verscheuchen lassen, sonst hätten sie gewiss auch noch gesungen!«

Aber jetzt fiel es dem Großwesir ein, dass das Lachen während der Verwandlung verboten war. Er teilte seine Angst deswegen dem Kalifen mit. »Potz Mekka und Medina! Das wäre ein schlechter Spaß, wenn ich ein Storch bleiben müsste! Besinne dich doch auf das dumme Wort, ich bring es nicht heraus.« – »Dreimal nach Osten müssen wir uns bücken und dazu sprechen: ›Mu… mu… mu…‹«

Sie stellten sich gen Osten und bückten sich in einem fort, dass ihre Schnäbel beinahe die Erde berührten; aber, oh Jammer! Das Zauberwort war ihnen entfallen, und sooft sich auch der Kalif bückte, so sehnlich auch sein Wesir »mu… mu…« dazu rief, jede Erinnerung daran war verschwunden und der arme Chasid und sein Wesir waren und blieben Störche.

Traurig wandelten die Verzauberten durch die Felder, sie wussten gar nicht, was sie in ihrem Elend anfangen sollten. Aus ihrer Storchenhaut konnten sie nicht heraus, in die Stadt zurück konnten sie auch nicht, um sich zu erkennen zu geben; denn wer hätte einem Storch geglaubt, dass er der Kalif sei, und wenn man es auch geglaubt hätte, würden die Einwohner von Bagdad einen Storch zum Kalif gewollt haben?

So schlichen sie mehrere Tage umher und ernährten sich kümmerlich von Feldfrüchten, die sie aber wegen ihrer langen Schnäbel nicht gut verspeisen konnten. Auf Eidechsen und Frösche hatten sie übrigens keinen Appetit, denn sie befürchteten, mit solchen Leckerbissen sich den Magen zu verderben. Ihr einziges Vergnügen in dieser traurigen Lage war, dass sie fliegen konnten, und so flogen sie oft auf die Dächer von Bagdad, um zu sehen, was darin vorging.

In den ersten Tagen bemerkten sie große Unruhe und Trauer in den Straßen; aber ungefähr am vierten Tag nach ihrer Verzauberung saßen sie auf dem Palast des Kalifen, da sahen sie unten in der Straße einen prächtigen Aufzug;

Trommeln und Pfeifen ertönten, ein Mann in einem goldbestickten Scharlachmantel saß auf einem geschmückten Pferd, umgeben von glänzenden Dienern, halb Bagdad sprang ihm nach und alle schrien: »Heil Mizra, dem Herrscher von Bagdad!«

Da sahen die beiden Störche auf dem Dache des Palastes einander an und der Kalif Chasid sprach: »Ahnst du jetzt, warum ich verzaubert bin, Großwesir? Dieser Mizra ist der Sohn meines Todfeindes, des mächtigen Zauberers Kaschnur, der mir in einer bösen Stunde Rache schwur. Aber noch gebe ich die Hoffnung nicht auf. Komm mit mir, du treuer Gefährte meines Elends, wir wollen zum Grabe des Propheten wandern, vielleicht, dass an heiliger Stätte der Zauber gelöst wird.«

Sie erhoben sich vom Dach des Palastes und flogen der Gegend von Medina zu.

Mit dem Fliegen wollte es aber nicht gar gut gehen; denn die beiden Störche hatten noch wenig Übung. »Oh Herr«, ächzte nach ein paar Stunden der Großwesir, »ich halte es mit Eurer Erlaubnis nicht mehr lange aus; Ihr fliegt gar zu schnell! Auch ist es schon Abend und wir täten wohl, ein Unterkommen für die Nacht zu suchen.«

Chasid gab der Bitte seines Dieners Gehör; und da er unten im Tale eine Ruine erblickte, die ein Obdach zu gewähren schien, so flogen sie dahin. Der Ort, wo sie sich für diese Nacht niedergelassen hatten, schien ehemals ein Schloss gewesen zu sein. Schöne Säulen ragten unter den Trümmern hervor, mehrere Gemächer, die noch ziemlich erhalten waren, zeugten von der ehemaligen Pracht des

Hauses. Chasid und sein Begleiter gingen durch die Gänge umher, um sich ein trockenes Plätzchen zu suchen; plötzlich blieb der Storch Mansor stehen. »Herr und Gebieter«, flüsterte er leise, »wenn es nur nicht töricht für einen Großwesir noch mehr aber für einen Storch wäre, sich vor Gespenstern zu fürchten! Mir ist ganz unheimlich zumute; denn hier neben hat es ganz vernehmlich geseufzt und gestöhnt.« Der Kalif blieb nun auch stehen und hörte ganz deutlich ein leises Weinen, das eher einem Menschen als einem Tiere anzugehören schien. Voll Erwartung wollte er der Gegend zugehen, woher die Klagetöne kamen; der Wesir aber packte ihn mit dem Schnabel am Flügel und bat ihn flehentlich, sich nicht in neue, unbekannte Gefahren zu stürzen. Doch vergebens! Der Kalif, dem auch unter dem Storchenflügel ein tapferes Herz schlug, riss sich mit Verlust einiger Federn los und eilte in einen finsteren Gang. Bald war er an einer Tür angelangt, die nur angelehnt schien und von wo er deutliche Seufzer mit ein wenig Geheul vernahm. Er stieß mit dem Schnabel die Türe auf, blieb aber überrascht auf der Schwelle stehen. In dem verfallenen Gemach, das nur durch ein kleines Gitterfenster spärlich erleuchtet war, sah er eine große Nachteule am Boden sitzen. Dicke Tränen rollten ihr aus den großen, runden Augen und mit heiserer Stimme stieß sie ihre Klagen aus dem krummen Schnabel heraus. Als sie aber den Kalifen und seinen Wesir, der indes auch herbeigeschlichen war, erblickte, erhob sie ein lautes Freudengeschrei. Zierlich wischte sie mit dem braun gefleckten Flügel die Tränen aus dem Auge und zu dem größten Erstaunen der beiden rief sie in gutem, menschlichem Arabisch: »Willkommen, ihr Störche! Ihr seid mir ein gutes Zeichen meiner Errettung; denn durch Störche werde mir ein großes Glück kommen, ist mir einst prophezeit worden!«

Als sich der Kalif von seinem Erstaunen erholt hatte, bückte er sich mit seinem langen Hals, brachte seine dünnen Füße in eine zierliche Stellung und sprach: »Nachteule! Deinen Worten nach darf ich glauben, eine Leidensgefährtin in dir zu sehen. Aber ach! Deine Hoffnung, dass durch uns deine Rettung kommen werde, ist vergeblich. Du wirst unsere Hilflosigkeit selbst erkennen, wenn du unsere Geschichte hörst.« Die Nachteule bat ihn zu erzählen, was der Kalif sogleich tat.

Als der Kalif der Eule seine Geschichte vorgetragen hatte, dank te sie ihm und sagte: »Vernimm auch meine Geschichte und höre, wie ich nicht weniger unglücklich bin als du. Mein Vater ist der König von Indien, ich, seine einzige unglückliche Tochter, heiße Lusa. Jener Zauberer Kaschnur, der euch verzauberte, hat auch mich ins Unglück gestürzt. Er kam eines Tages zu meinem Vater und begehrte mich zur Frau für seinen Sohn Mizra. Mein Vater aber, der ein hitziger Mann ist, ließ ihn die Treppe hinunterwerfen. Der Elende wusste sich unter einer anderen Gestalt wieder in meine Nähe zu schleichen, und als ich einst in meinem Garten Erfrischungen zu mir nehmen wollte, brachte er mir, als Sklave verkleidet, einen Trank bei, der mich in diese abscheuliche Gestalt verwandelte. Vor Schrecken ohnmächtig, brachte er mich hierher und rief mir mit schrecklicher Stimme in die Ohren: ›So hässlich sollst du hier bleiben bis an dein Ende oder bis einer aus freiem Willen dich, selbst in dieser schrecklichen Gestalt, zur Gattin begehrt. So räche ich mich an dir und deinem stolzen Vater.‹

Seitdem sind viele Monate verflossen. Einsam und traurig lebe ich als Einsiedlerin in diesem Gemäuer, verabscheut von der Welt, selbst den Tieren und namentlich den Vögeln ein Gräuel; die schöne Natur ist vor mir verschlossen; denn ich bin blind am Tage, und nur wenn der Mond sein bleiches Licht über dies Gemäuer ausgießt, fällt der verhüllende Schleier von meinem Auge.«

Die Eule hatte geendet und wischte sich mit dem Flügel wieder die Augen aus, denn die Erzählung ihrer Leiden hatte ihr wiederholt Tränen entlockt.

Der Kalif war bei der Erzählung der Prinzessin in tiefes Nachdenken versunken. »Wenn mich nicht alles täuscht«, sprach er, »so besteht zwischen unserem Unglück ein geheimer Zusammenhang; aber wo finde ich den Schlüssel zu diesem Rätsel?« Die Eule antwortete ihm: »Oh Herr! Auch mir ahnt dies; denn es ist mir einst in meiner frühesten Jugend von einer weisen Frau prophezeit worden, dass ein Storch mir ein großes Glück bringen werde, und ich wüsste vielleicht, wie wir uns retten könnten.«

Der Kalif war sehr erstaunt und fragte, auf welchem Wege sie meine. »Der Zauberer, der uns beide unglücklich gemacht hat«, sagte sie, »kommt alle Monate einmal in diese Ruinen. Nicht weit von diesem Gemach ist ein Saal. Dort pflegt er dann mit vielen Genossen zu schmausen. Schon oft habe ich sie dort belauscht. Sie erzählen einander ihre schändlichen Werke; vielleicht, dass er dann das Zauberwort, das ihr vergessen habt, ausspricht.«

»Oh, teuerste Prinzessin«, rief der Kalif, »sag an, wann kommt er und wo ist der Saal?«

Die Eule schwieg einen Augenblick und sprach dann: »Nehmet es nicht ungütig, aber nur unter einer Bedingung kann ich Euern Wunsch erfüllen.«

»Sprich aus! Sprich aus!«, schrie Chasid. »Befiehl, jede Bedingung ist mir recht.«

Die Eule sprach: »Ich möchte gern zu gleicher Zeit frei sein; dies kann aber nur geschehen, wenn einer von euch mir seine Hand reicht. Das ist es, was ich mir ausbedinge.«

Die Störche schienen über den Antrag etwas betroffen zu sein und der Kalif winkte seinem Diener, ein wenig mit ihm hinauszugehen.

»Großwesir«, sprach er vor der Tür, »das ist ein dummer Handel; aber Ihr könntet die Eule schon zur Frau nehmen.«

»So?«, antwortete dieser, »dass mir meine Frau, wenn ich nach Hause komme, die Augen auskratzt? Auch bin ich ein alter Mann und Ihr seid noch jung und unverheiratet und könntet eher einer jungen, schönen Prinzessin die Hand geben.«

»Das ist es eben«, seufzte der Kalif, indem er traurig die Flügel hängen ließ, »wer sagt dir denn, dass sie jung und schön ist? Ich mag keine Katze im Sack kaufen!«

Sie redeten einander gegenseitig noch lange zu; endlich aber, als der Kalif sah, dass sein Wesir lieber Storch bleiben als die Eule heiraten wollte, entschloss er sich, die Bedingung selbst zu erfüllen. Die Eule war hocherfreut.

Sie gestand ihnen, dass sie zu keiner besseren Zeit hätten kommen können, weil wahrscheinlich in dieser Nacht die Zauberer sich versammeln würden.

Sie verließ mit den Störchen das Gemach, um sie in jenen Saal zu führen; sie gingen lange in einem finsteren Gang hin; endlich strahlte ihnen aus einer halb verfallenen Mauer ein heller Schein entgegen. Als sie dort angelangt waren, riet ihnen die Eule, sich ganz ruhig zu verhalten. Sie konnten von der Lücke, an welcher sie standen, einen großen Saal übersehen. Er war ringsum mit Säulen geschmückt und prachtvoll verziert. Viele farbige Lampen ersetzten das Licht des Tages. In der Mitte des Saales stand ein runder Tisch, mit vielen und ausgesuchten Speisen besetzt. Rings um den Tisch zog sich ein Sofa, auf welchem acht Männer saßen. In einem dieser Männer erkannten die Störche jenen Krämer wieder, der ihnen das Zauberpulver verkauft hatte. Sein Sitznachbar forderte ihn auf, ihnen seine neuesten Taten zu erzählen. Er erzählte unter anderen auch die Geschichte des Kalifen und seines Wesirs.

»Was für ein Wort hast du ihnen denn aufgegeben?«, fragte ihn ein anderer Zauberer. »Ein recht schweres lateinisches, es heißt ›mutabor‹.«

Als die Störche an ihrer Mauerlücke dieses hörten, kamen sie vor Freuden beinahe außer sich. Sie liefen auf ihren langen Füßen so schnell dem Tore der Ruine zu, dass die Eule kaum folgen konnte. Dort sprach der Kalif gerührt zu der Eule: »Retterin meines Lebens und des Lebens meines Freundes, nimm zum ewigen Dank für das, was du an uns getan, mich zum Gemahl an!« Dann aber wandte er sich nach Osten. Dreimal bückten die Störche ihre langen Hälse der Sonne entgegen, die soeben hinter dem Gebirge heraufstieg. »Mutabor!«, riefen sie, im Nu waren sie verwandelt und in der hohen Freude des neu geschenkten Lebens lagen Herr und Diener lachend und weinend einander in den Armen.

Wer beschreibt aber ihr Erstaunen, als sie sich umsahen? Eine schöne Dame, herrlich geschmückt, stand vor ihnen. Lächelnd gab sie dem Kalifen die Hand. »Erkennt Ihr Eure Nachteule nicht mehr?«, sagte sie. Sie war es; der Kalif war von ihrer Schönheit und Anmut so entzückt, dass er mehr als einmal ausrief, es sei sein größtes Glück, dass er sich in einen Storch verwandelt habe.

Drei Glückliche zogen nun gemeinsam auf Bagdad zu. Der Kalif fand in seinen Kleidern nicht nur die Dose mit Zauberpulver, sondern auch seinen Geldbeutel. Er kaufte daher im nächsten Dorfe, was zu ihrer Reise nötig war, und so kamen sie bald an die Tore von Bagdad. Dort aber erregte die Ankunft des Kalifen großes Erstaunen. Man hatte ihn für tot ausgegeben und das Volk war daher hocherfreut, seinen geliebten Herrscher wiederzuhaben.

Umso mehr aber entbrannte ihr Hass gegen den Betrüger Mizra. Sie zogen in den Palast und nahmen den alten Zauberer und seinen Sohn gefangen. Den Alten schickte der Kalif in dasselbe Gemach der Ruine, das die Prinzessin als Eule bewohnt hatte, und ließ ihn dort aufhängen. Dem Sohn aber, welcher nichts von den Künsten des Vaters verstand, ließ der Kalif die Wahl, ob er sterben oder schnupfen wolle. Als er das Letztere wählte, bot ihm der Großwesir die Dose. Eine tüchtige Prise und das Zauberwort des Kalifen verwandelten ihn in einen Storch. Der Kalif ließ ihn in einen eisernen Käfig sperren und in seinem Garten aufstellen.

Lange und vergnügt lebte Kalif Chasid mit seiner Frau, der Prinzessin; seine vergnügtesten Stunden waren immer die, wenn ihn der Großwesir nachmittags besuchte; da sprachen sie dann oft von ihrem Storchabenteuer, und wenn der Kalif recht heiter war, ließ er sich herab, den Großwesir nachzuahmen, wie er als Storch aussah. Er stieg dann ernsthaft, mit steifen Füßen im Zimmer auf und ab, klapperte, wedelte mit den Armen wie mit Flügeln und zeigte, wie jener sich vergeblich nach Osten geneigt und »Mu… mu…« dazu gerufen habe. Für die Frau Kalifin und ihre Kinder war diese Vorstellung allemal eine große Freude; wenn aber der Kalif gar zu lange klapperte und nickte und »Mu… mu…« schrie, dann drohte ihm lächelnd der Wesir: Er wolle das, was vor der Türe der Prinzessin Nachteule verhandelt worden sei, der Frau Kalifin mitteilen.

Wilhelm Hauff

Der Faule und der Fleißige

Zwei Leute, ein Fleißiger und ein Fauler, gingen eines Morgens zusammen übers Feld. Da sahen sie vor sich, weit ins Land hinein, ein glänzendes Schloss auf dem Berge liegen. Es funkelte in der Sonne, dass es eine wahre Lust war, dahin zu schauen. »Dort lass uns hingehen!«, sagte der Fleißige. »Ja, wenn wir nur erst da wären!«, sagte der Faule. »Das könnt ihr noch heute«, sprach eine helle Stimme hinter ihnen, »ihr seid ja ein paar junge, rüstige Gesellen.«

Wie sie sich umsahen, woher die Worte kämen, erblickten sie eine schöne Frau. Sie stand auf einer Kugel und diese rollte mit ihr rasch nach dem Schlosse zu, an ihnen vorbei. »Die hat's gut«, sprach der Faule, »die braucht kein Bein zu rühren und kommt doch vorwärts«, und damit setzte er sich ins Gras nieder. Der Fleißige aber bedachte sich nicht lange, lief ihr nach, ergriff sie an dem Zipfel ihres weiten Mantels und sprach: »Wer bist du!« – »Das Glück«, antwortete die Frau, »und jenes Schloss ist mein. Kommt mir nach und seid ihr vor Mitternacht da, so will ich euch freundlich aufnehmen. Kommt ihr aber nur eine Sekunde nach Mitternacht, so ist für euch mein Haus verschlossen!«

Bei diesen Worten entzog sie ihren Mantel der Hand des Gesellen und rollte so rasch dahin, dass sie bald seinen Blicken entschwunden war.

Der Gesell kehrte zu seinem Kameraden zurück, erzählte ihm, was ihm begegnet war, und sagte: »Ich gehe hin. Kommst du mit?«

Der aber sprach: »Bist du toll? Ja, wenn ein Pferd hier wäre und mich hinbrächte!« – »Ade!«, rief der andere und trat seine Reise an.

Der Faule dachte: Lauf nur immer zu; der Zufall ist schon manchem im Schlafe günstig gewesen, vielleicht ist er's mir heute auch einmal. Damit legte er sich ins Gras und blinzelte behaglich, aber doch etwas sehnsüchtig nach dem flimmernden Schlosse hin.

Plötzlich fühlte er um seine Ohren etwas Warmes schnuppern, und als er sich langsam umwandte, siehe da stand ein hübsches munteres Pferdchen da. Das war glänzend weiß, schüttelte die Mähne und wieherte lustig in die frische Morgenluft hinaus. »Habe ich's nicht gleich gesagt!«, rief der Geselle, »wer nur dem Zufall vertraut! Komm her, mein Tier, wir wollen gute Freunde sein!« Mit diesen Worten hob er sich ruhig in den Sattel und wie der Wind flog das Tier mit ihm auf und davon. Bald holte er seinen Kameraden ein. »Viele Grüße an Schusters Rappen von meinem Schimmel!«, rief er ihm im Vorbeijagen zu. Der aber ließ sich nicht stören, sondern schritt rüstig und sicher seine Straße vor sich hin.

Auf einer buschigen Anhöhe machte der Schimmel mit seinem Reiter plötzlich halt. »Recht so«, sprach dieser, »du bist ein ganz gescheites Tier. Eile mit Weile, das ist die wahre Weisheit. Das Schloss läuft uns nicht fort, wohl aber der Appetit, wenn man sich überhungert.« Nun stieg er vom Pferde, suchte einen weichen, schattigen Abhang neben einem bequemen Stein, ließ sich ins Moos nieder, stemmte die Beine gegen einen Baumstamm und hielt sein Mittagbrot; denn glücklicherweise befand sich Brot und Wurst in seinen Taschen und ein guter Schluck in seiner Korbflasche. Als der Magen gefüllt war, schlief er ruhig ein.

Das war ein Schlaf! So schöne Träume hatte er noch nie gehabt. Ihm träumte, er sei schon im Schlosse, läge auf seidenen Polstern, und was er nur wünsche, käme ihm von allen Seiten zugeflogen, ohne dass er auch nur den kleinsten Finger zu rühren brauche. Zuletzt war es ihm, als würde ein großes Feuerwerk abgebrannt und die schönste Musik spielte dazu das Lied »Frischer Mut, leichtes Blut ist des rüst'gen Wand'rers Gut«. Da wachte er auf.

Er rieb sich die Augen. Nun sah er, dass die Sonne hinter dem Schlosse soeben unterging und ihm noch den letzten Strahl in die Augen warf. Aus dem Tale vor ihm aber schallte die Stimme des Kameraden herauf, der sang das Lied, das ihm soeben im Traume in die Ohren geklungen hatte, und schritt munter vorwärts. »Ei, der Tausend!«, rief der Faule. »Nun ist es aber denn doch Zeit aufzubrechen. Schimmel, wo bist du?«

Ja, da war kein Pferd in weiter Runde mehr zu sehen, wohl aber weidete oben auf der Anhöhe ein alter Esel. Der Geselle rief, lockte, pfiff – nichts da! Das Pferd blieb fort und der Esel kam nicht herbei. So musste er sich denn doch entschließen, zum Grauen hinzugehen und ihn zu besteigen. Der ließ sich's auch ruhig gefallen und trabte gemächlich mit ihm vorwärts; freilich, sein Schimmel war es nicht, der ging rascher, und was das Schönste war, viel, viel bequemer. Bald fing es an, dunkel zu werden, und Wolken zogen herauf. Auch hatten sie in dem Schlosse, wie man deutlich sehen konnte, die Lichter schon angesteckt. Da ging die Not los. Der Esel schlich langsamer und immer langsamer, und als er mitten in einem rabenschwarzen Walde war, blieb er mit einem Male ganz und gar stehen. Da half kein Bitten, kein Streicheln, kein Zügelreißen, und als sein Herr ihm zuletzt mit Hacken und Fäusten eine volle Stunde lang fortwährend zugesetzt hatte, machte das Tier kurzen Prozess: Kopf zwischen die Beine, Hinterteil in die Höhe und mit einem Ruck lag der Reiter auf dem harten Boden. Das war kein Polsterkissen, am wenigsten für einen, dessen Arme und Beine von dem vielen Schlagen selbst ganz zerschlagen waren. Und vorne flimmerte das Schloss schon ganz nahe durch die Bäume, als winkte es ihn so recht zu sich hin. Ach, was für prächtige Betten mussten darinnen sein! Dieser Gedanke gab dem Zerschlagenen die Kraft aufzustehen. Aber was nun machen? Gehen? Das war unmöglich, er konnte ja kaum noch stehen, so schmerzten ihn alle Glieder. Vielleicht hatte sich auch sein Grauer unterdes eines Besseren besonnen. Er tappte also wohl eine

Viertelstunde nach ihm umher – wer aber nicht zu finden war, das war der Esel. An Liegenbleiben war gar nicht zu denken, denn von Zeit zu Zeit ging ein Heulen durch den Wald wie von hungrigen Wölfen. Plötzlich stieß er an etwas Weiches. Es war nicht sein Esel, aber es war doch wie ein Sattel anzufühlen. Eben wollte er sich aufschwingen, als er merkte, es sei ein kaltes, nasses Tier, das er besteige. Ihn schauderte. Indem aber schlug eine Glocke in der Ferne. Er zählte; sie schlug elf Schläge. Es war die höchste Zeit, in einer Stunde konnte er das Schloss noch erreichen und so hob er sich denn in den Sattel.

Es saß sich auch gar nicht übel da oben, ungemein weich und im Rücken eine hohe Lehne, auch ging das neue Tier sehr sicher, nur noch viel langsamer als das frühere. Dennoch kam er dem Schloss allmählich näher und schon konnte er die erleuchteten Fenster darin zählen, als der Mond aus den Wolken trat und hell auf ihn herunterschien. Oh Wunder, was erblickte er da? Das Tier, auf dem er saß, war kein Pferd und kein Esel, sondern eine großmächtige Schnecke, so groß wie ein Kalb, und ihr Haus, das sie auf dem Rücken trug, hatte ihm zur Lehne gedient. Da war es nun wohl natürlich, dass er nicht schneller weiterkam. Ihn überlief es eiskalt; aber das half alles nichts, er musste froh sein, auf solche Weise seinem Ziele näher zu kommen. Und wirklich, schon schlug die Glocke aus der Ferne den ersten der zwölf Schläge, mit denen sie in langen Zwischenräumen die Mitternachtsstunde verkündigen sollte. In demselben Augenblicke schob sich sein neues Saumtier mit ihm aus dem Walde heraus und das prächtige, wunderbare

Schloss des Glückes lag ganz dicht vor ihm. Bisher hatte der Faule auf seinem Sitze kein Glied gerührt, jetzt drückte er dem Tiere beide Fersen in die weichen, schwammigen Seiten. Das aber war solche Behandlung nicht gewohnt, im Nu zog es sich mit Kopf und Kragen in sein Haus hinein und ließ den Reiter zu Boden gleiten.

Jetzt brummte die Turmuhr den zweiten Schlag. Hätte der Faule sich zusammengenommen und seinen Füßen vertraut, noch immer hätte er sein Ziel erreichen können, ehe der letzte Schlag verhallt wäre, aber nein, er stand da und rief jammernd: »Ein Tier! Ein Tier! Was es auch sein mag, nur ein Tier, das mich zum Schlosse trägt!«

Unterdes aber waren fast sämtliche Lichter im Schlosse erloschen, der Mond trat wieder hinter dunkle Wolken und rings umher war es, wie früher, dunkle Nacht.

Die Turmuhr schlug den dritten Schlag. Da hörte er neben sich etwas rascheln, es kam durch die Dunkelheit daher wie ein gepanzertes Ross und hielt neben ihm still. »Das wird mein Schimmel sein«, rief der Faule, »den hat mir der Himmel zur rechten Zeit geschickt!« So rasch es ihm möglich war, schwang er sich dem Tiere auf den Rücken. Nur ein kleiner Hügel war noch zu erklimmen; noch sah er die Torflügel des Schlosses offen und in der Türe stand sein Kamerad und winkte ihm jubelnd mit seiner Mütze zu.

Schon schlug die Turmuhr den vierten Schlag, da fing das Tier, auf dem er saß, an, sich zu bewegen. Sie schlug den fünften Schlag, da ging es vorwärts; sie schlug den sechsten Schlag, da stand es still; nahm einen Anlauf und –

ging rückwärts! Vergebens suchte er, sich hinabzuwerfen. Bei einem flüchtigen Strahl des Mondes erschien ihm sein gepanzertes Ross als ein schauriges Ungeheuer mit zehn Beinen, von jeder Seite erhob es eine riesige Schere und kniff und hielt ihn fest an den Armen. Er schrie nach Hilfe. Umsonst! Immer weiter kam er von dem Schlosse zurück, immer näher rückte der entscheidende Augenblick. Die Turmuhr brummte einen Schlag nach dem anderen und endlich den zwölften – noch einmal sah er den Wunderbau vor seinen Blicken in hellem Lichtschimmer aufleuchten, aber in demselben Augenblick hörte er auch die Torflügel mit gewaltigem Krachen zusammenschlagen. Der Eingang zum Schlosse des Glücks war ihm für immer verschlossen, und als er beim Scheine des flammenden Blitzes das Ungeheuer, das ihn immer weiter und weiter rückwärts riss, näher betrachtete, siehe, da war es ein ungeheurer Krebs.

Wohin er auf diesem Rosse gekommen, weiß ich nicht zu sagen. Kein Mensch hat sich weiter um ihn bekümmert. Sein Kamerad aber ward von der schönen Herrin des Schlosses aufs Freundlichste empfangen und aufs Köstlichste bewirtet; auch soll sie ihm zeit seines Lebens behilflich gewesen sein, große Dinge zu vollbringen, seinen Mitmenschen Freude zu bereiten und Notleidende zu unterstützen.

Robert Reinick

Vom dicken, fetten Pfannekuchen

Es waren einmal drei alte Weiber, welche gern Pfannekuchen essen wollten; da gab die Erste ein Ei dazu her, die Zweite Milch und die Dritte Fett und Mehl. Als der dicke, fette Pfannekuchen fertig war, richtete er sich in der Pfanne in die Höhe und lief den drei alten Weibern weg und lief immerzu und lief, kantapper, kantapper, in den Wald hinein. Da begegnete ihm ein Häschen, das rief: »Dicker, fetter Pfannekuchen, bleib stehn, ich will dich fressen!« Der Pfannekuchen antwortete: »Ich bin drei alten Weibern weggelaufen und soll dir Häschen Wippschwanz nicht entwischen?«, und lief, kantapper, kantapper, in den Wald hinein. Da kam ein Wolf angelaufen und rief: »Dicker, fetter Pfannekuchen, bleib stehn, ich will dich fressen!« Der Pfannekuchen antwortete: »Ich bin drei alten Weibern weggelaufen und Häschen Wippschwanz und soll dir Wolf Dickschwanz nicht entwischen?«, und lief, kantapper, kantapper, in den Wald hinein. Da kam ein Reh herzugesprungen und rief: »Dicker, fetter Pfannekuchen, bleib stehn, ich will dich fressen!« Der Pfannekuchen antwortete: »Ich bin drei alten Weibern weggelaufen, Häschen Wippschwanz, Wolf Dickschwanz und soll dir Reh Blitzschwanz nicht entwischen?«, und lief, kantapper, kantapper, in den Wald hinein. Da kam eine Kuh herbeigerannt und rief: »Dicker, fetter Pfannekuchen, bleib stehn, ich will dich fressen!« Der Pfannekuchen antwortete: »Ich bin drei alten Weibern weggelaufen, Häschen Wippschwanz, Wolf Dickschwanz, Reh Blitzschwanz und soll dir Kuh Schwippschwanz nicht entwischen?«, und lief kantapper, kantapper in den Wald hinein. Da kam eine Sau dahergefegt und rief: »Dicker, fetter Pfannekuchen, bleib stehn, ich will dich fressen!« Der Pfannekuchen antwortete: »Ich bin drei alten Weibern weggelaufen, Häschen Wippschwanz, Wolf Dickschwanz, Reh Blitzschwanz, Kuh Schwippschwanz, und soll dir Sau Kringelschwanz nicht entwischen?«, und lief, kantapper, kantapper, in den Wald hinein. Da kamen drei Kinder daher, die hatten keinen Vater und keine Mutter mehr und sprachen: »Lieber Pfannekuchen, bleib stehen! Wir haben noch nichts gegessen den ganzen Tag!« Da sprang der dicke, fette Pfannekuchen den Kindern in den Korb und ließ sich von ihnen essen.

Verfasser unbekannt

Der kleine Häwelmann

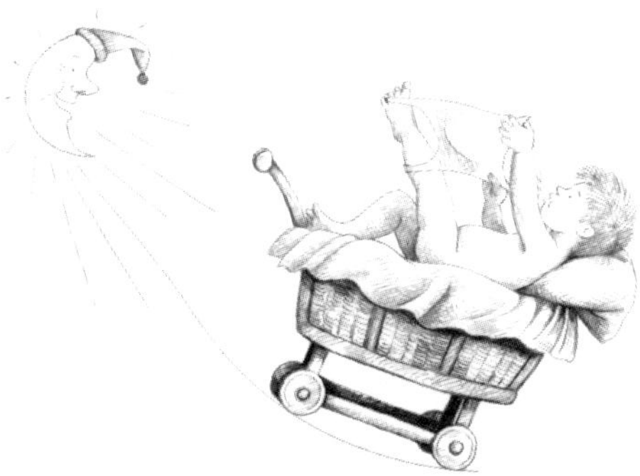

Es war einmal ein kleiner Junge, der hieß Häwelmann. Des Nachts schlief er in einem Rollenbett und auch des Nachmittags, wenn er müde war; wenn er aber nicht müde war, so musste seine Mutter ihn darin in der Stube umherfahren und davon konnte er nie genug bekommen.

Nun lag der kleine Häwelmann eines Nachts in seinem Rollenbett und konnte nicht einschlafen; die Mutter aber schlief schon lange neben ihm in ihrem großen Himmelbett. »Mutter«, rief der kleine Häwelmann, »ich will fahren!« Und die Mutter langte im Schlaf mit dem Arm aus dem Bett und rollte die kleine Bettstelle hin und her, und wenn ihr der Arm müde werden wollte, so rief der kleine Häwelmann: »Mehr, mehr!«, und dann ging das Rollen wieder von vorne an.

Endlich aber schlief sie gänzlich ein; und so viel Häwelmann auch schreien mochte, sie hörte es nicht; es war rein vorbei. Da dauerte es nicht lange, so sah der Mond in die Fensterscheiben, der gute alte Mond, und was er da sah, war so possierlich, dass er sich erst mit seinem Pelzärmel über das Gesicht fuhr, um sich die Augen auszuwischen; so etwas hatte der alte Mond all sein Lebtag nicht gesehen. Da lag der kleine Häwelmann mit offenen Augen in seinem Rollenbett und hielt das eine Beinchen wie einen Mastbaum in die Höhe. Sein kleines Hemd hatte er ausgezogen und hing es wie ein Segel an seiner kleinen Zehe auf; dann nahm er ein Hemdzipfelchen in jede Hand und fing mit beiden Backen an zu blasen.

Und allmählich, leise, leise, fing es an zu rollen, über den Fußboden, dann die Wand hinauf, dann kopfüber die Decke entlang und dann die andere Wand wieder hinunter. »Mehr, mehr!«, schrie Häwelmann, als er wieder auf dem Boden war; und dann blies er wieder seine Backen auf und dann ging es wieder kopfüber und kopfunter.

Es war ein großes Glück für den kleinen Häwelmann, dass es gerade Nacht war und die Erde auf dem Kopf stand; sonst hätte er doch gar zu leicht den Hals brechen können. Als er drei Mal die Reise gemacht hatte, guckte der Mond ihm plötzlich ins Gesicht. »Junge«, sagte er, »hast du noch nicht genug?«

»Nein«, schrie Häwelmann, »mehr, mehr! Mach mir die Tür auf! Ich will durch die Stadt fahren; alle Menschen sollen mich fahren sehen.«

»Das kann ich nicht«, sagte der gute Mond; aber er ließ einen langen Strahl durch das Schlüsselloch fallen; und darauf fuhr der kleine Häwelmann zum Haus hinaus.

Auf der Straße war es ganz still und einsam. Die hohen Häuser standen im hellen Mondschein und glotzten mit ihren schwarzen Fenstern recht dumm in die Stadt hinaus; aber die Menschen waren nirgends zu sehen. Es rasselte recht, als der kleine Häwelmann in seinem Rollenbette über das Straßenpflaster fuhr; und der gute Mond ging immer neben ihm und leuchtete. So fuhren sie Straßen aus, Straßen ein; aber die Menschen waren nirgends zu sehen. Als sie bei der Kirche vorbeikamen, da krähte auf einmal der große goldene Hahn auf dem Glockenturm. Sie hielten still. »Was machst du da?«, rief der kleine Häwelmann hinauf.

»Ich krähe zum ersten Mal!«, rief der goldene Hahn herunter.

»Wo sind denn die Menschen?«, rief der kleine Häwelmann hinauf.

»Die schlafen«, rief der goldene Hahn herunter, »wenn ich zum dritten Mal krähe, dann wacht der erste Mensch auf.«

»Das dauert mir zu lange«, sagte Häwelmann, »ich will in den Wald fahren, alle Tiere sollen mich fahren sehen!«

»Junge«, sagte der gute, alte Mond, »hast du noch nicht genug?«

»Nein«, schrie Häwelmann, »mehr, mehr! Leuchte, alter Mond, leuchte!« Und damit blies er die Backen auf und der gute, alte Mond leuchtete und so fuhren sie zum Stadttor hinaus und übers Feld und in den dunklen Wald hinein. Der gute Mond hatte große Mühe, zwischen den vielen Bäumen durchzukommen; mitunter war er ein ganzes Stück zurück, aber er holte den kleinen Häwelmann doch immer wieder ein.

Im Walde war es still und einsam; die Tiere waren nicht

zu sehen; weder die Hirsche noch die Hasen, auch nicht die kleinen Mäuse. So fuhren sie immer weiter, durch Tannen- und Buchenwälder, bergauf und bergab. Der gute Mond ging nebenher und leuchtete in alle Büsche; aber die Tiere waren nicht zu sehen; nur eine kleine Katze saß oben in einem Eichbaum und funkelte mit den Augen. Da hielten sie still. »Das ist der kleine Hinze!«, sagte Häwelmann. »Ich kenne ihn wohl; er will die Sterne nachmachen.« Und als sie weiterfuhren, sprang die kleine Katze mit von Baum zu Baum. »Was machst du da?«, rief der kleine Häwelmann hinauf.

»Ich illuminiere!«, rief die kleine Katze herunter.

»Wo sind denn die andern Tiere?«, rief der kleine Häwelmann hinauf.

»Die schlafen!«, rief die kleine Katze herunter und sprang wieder einen Baum weiter, »horch nur, wie sie schnarchen!«

»Junge«, sagte der gute, alte Mond, »hast du noch nicht genug?«

»Nein«, schrie Häwelmann, »mehr, mehr! Leuchte, alter Mond, leuchte!«, und dann blies er die Backen auf und der gute, alte Mond leuchtete; und so fuhren sie zum Walde hinaus und dann über die Heide bis ans Ende der Welt und dann gerade in den Himmel hinein.

Hier war es lustig; alle Sterne waren wach und hatten die Augen auf und funkelten, dass der ganze Himmel blitzte. »Platz da!«, schrie Häwelmann und fuhr in den hellen Haufen hinein, dass die Sterne links und rechts vor Angst vom Himmel fielen.

»Junge«, sagte der gute, alte Mond, »hast du noch nicht genug?« – »Nein!«, schrie der kleine Häwelmann, »mehr, mehr!« Und – hast du nicht gesehen! – fuhr er dem alten, guten Mond quer über die Nase, dass er ganz dunkelbraun im Gesicht wurde.

»Pfui!«, sagte der Mond und nieste drei Mal, »alles mit Maßen!«, und damit putzte er seine Laterne aus und alle Sterne machten die Augen zu. Da wurde es im ganzen Himmel auf einmal so dunkel, dass man es ordentlich mit Händen greifen konnte.

»Leuchte, alter Mond, leuchte«, schrie Häwelmann, aber der Mond war nirgends zu sehen und auch die Sterne nicht; sie waren schon alle zu Bett gegangen. Da fürchtete der kleine Häwelmann sich sehr, weil er so allein im Himmel war. Er nahm seine Hemdzipfelchen in die Hände und blies die Backen auf; aber er wusste weder aus noch ein, er fuhr kreuz und quer, hin und her und niemand sah ihn fahren, weder die Menschen noch die Tiere noch auch die lieben Sterne.

Da guckte endlich unten, ganz unten am Himmelsrande ein rotes, rundes Gesicht zu ihm herauf und der kleine Häwelmann meinte, der Mond sei wieder aufgegangen. »Leuchte, alter Mond, leuchte!«, rief er und dann blies er wieder die Backen auf und fuhr quer durch den ganzen Himmel und gerade darauf los. Es war aber die Sonne, die gerade aus dem Meere heraufkam.

»Junge«, rief sie und sah ihm mit ihren glühenden Augen ins Gesicht, »was machst du hier in meinem Himmel?« Und – eins, zwei, drei!, nahm sie den kleinen Häwelmann und warf ihn mitten in das große Wasser. Da konnte er schwimmen lernen.

Und dann?

Ja und dann? Weißt du nicht mehr? Wenn ich und du nicht gekommen wären und den kleinen Häwelmann in unser Boot genommen hätten, so hätte er doch leicht ertrinken können!

Theodor Storm

Internationale Märchen

Das hässliche junge Entlein

Dänemark

Es war herrlich draußen auf dem Lande. Es war Sommer, das Korn stand gelb, der Hafer grün, das Heu war unten auf den grünen Wiesen in Schobern aufgesetzt und der Storch ging auf seinen langen roten Beinen und plapperte ägyptisch, denn diese Sprache hatte er von seiner Frau Mutter gelernt. Rings um die Äcker und Wiesen waren große Wälder und mitten in den Wäldern tiefe Seen. Ja, es war wirklich herrlich draußen auf dem Lande! Mitten im Sonnenschein lag dort ein altes Landgut, von tiefen Kanälen umgeben, und von der Mauer bis zum Wasser herunter wuchsen große Klettenblätter, die so hoch waren, dass kleine Kinder unter den höchsten aufrecht stehen konnten, es war ebenso wild darin wie im tiefsten Walde. Hier saß auf ihrem Neste eine Ente, welche ihre Jungen ausbrüten musste; aber es wurde ihr fast zu langweilig, ehe die Jungen kamen; dazu erhielt sie selten Besuch; die andern Enten schwammen lieber in den Kanälen umher, als dass sie hinaufliefen, sich unter ein Klettenblatt zu setzen, um mit ihr zu schnattern.

Endlich platzte ein Ei nach dem andern: »Piep! Piep!«, sagte es und alle Eidotter waren lebendig geworden und steckten den Kopf heraus.

»Rapp! Rapp!«, sagten sie; und so rappelten sie alle, was sie konnten, und sahen nach allen Seiten unter die grünen Blätter; und die Mutter ließ sie sehen, so viel sie wollten, denn das Grüne ist gut für die Augen.

»Wie groß ist doch die Welt!«, sagten alle Jungen; denn nun hatten sie freilich viel mehr Platz als im Ei.

»Glaubt ihr, dass dies die ganze Welt ist?«, fragte die Mutter.

»Die erstreckt sich noch weit über die andere Seite des Gartens, gerade hinein in des Pfarrers Feld; aber da bin ich noch nie gewesen! – Ihr seid alle beisammen?«, fuhr sie fort und stand auf. »Nein, ich habe nicht alle; das größte Ei liegt noch da; wie lange soll denn das dauern! Jetzt bin ich es bald überdrüssig!«, und so setzte sie sich wieder.

»Nun, wie geht es?«, fragte eine alte Ente, welche gekommen war, um ihr einen Besuch abzustatten.

»Es währt recht lange mit dem einen Ei!«, sagte die Ente, die da saß. »Es will nicht platzen; doch sieh nur die andern an: Sind es nicht die niedlichsten Entlein, die man je gesehen? Sie gleichen allesamt ihrem Vater; der Bösewicht kommt nicht mich zu besuchen.«

»Lass mich das Ei sehen, welches nicht platzen will!«, sagte die Alte. »Glaube mir, es ist ein Puten-Ei! Ich bin auch einmal so angeführt worden und hatte meine große Sorge und Not mit dem Jungen, denn ihnen ist bange vor dem Wasser! Ich konnte sie nicht hineinbringen; ich rappte und schnappte; aber es half nichts. – Lass mich das Ei sehen! Ja, das ist ein Puten-Ei! Lass das liegen und lehre lieber die andern Kinder schwimmen!«

»Ich will doch noch ein bisschen darauf sitzen«, sagte die Ente, »habe ich nun so lange gesessen, kann ich auch noch einige Tage sitzen.«

»Wie's beliebt«, sagte die alte Ente und ging von dannen.

Endlich platzte das große Ei. »Piep! Piep!«, sagte das Junge und kroch heraus. Es war sehr groß und hässlich! Die Ente betrachtete es: »Es ist doch ein gewaltig großes Entlein das«, sagte sie, »keins von den andern sieht so aus; sollte es wohl ein Puten-Küchlein sein? Nun, wir wollen bald dahinterkommen; in das Wasser muss es, sollte ich es auch selbst hineinstoßen.«

Am nächsten Tage war schönes, herrliches Wetter; die Sonne schien auf die grünen Kletten. Die Entleinmutter ging mit ihrer ganzen Familie zu dem Kanale hinunter. Platsch! Da sprang sie in das Wasser. »Rapp! Rapp!«, sagte sie und ein Entlein nach dem andern plumpste hinein; das Wasser schlug ihnen über dem Kopfe zusammen, aber sie kamen alle gleich wieder empor und schwammen ganz prächtig; die Beine gingen von selbst und alle waren sie im Wasser; selbst das hässliche graue Junge schwamm mit.

»Nein, es ist keine Pute«, sagte sie, »sieh, wie herrlich es die Beine gebraucht, wie gerade es sich hält; es ist mein eigenes Kind! Im Grunde ist es doch hübsch, wenn man es nur recht betrachtet. Rapp! Rapp! – Kommt nur mit mir, ich werde euch in die große Welt führen, euch im Entenhofe präsentieren; aber haltet euch immer nahe zu mir, damit euch niemand trete, und nehmt euch vor den Katzen in Acht!«

Und so kamen sie in den Entenhof hinein. Drinnen war ein schrecklicher Lärm, denn da waren zwei Familien, die sich um einen Aalkopf bissen, und am Ende bekam ihn doch die Katze. »Seht, so geht es in der Welt zu!«, sagte die Entleinmutter und wetzte ihren Schnabel, denn sie wollte auch den Aalkopf haben. »Braucht nur die Beine!«, sagte sie. »Ordnet euer Gefieder und neigt euren Hals vor der alten Ente dort; sie ist die vornehmste von allen hier; sie ist aus spanischem Geblüt, deshalb ist sie so dick; und seht ihr, sie hat einen roten Lappen um das Bein; das ist etwas außerordentlich Schönes und die größte Auszeichnung, welche einer Ente zuteil werden kann; das bedeutet so viel, dass man sie nicht verlieren will und dass sie von Tier und Menschen erkannt werden soll! – Rappelt euch zusammen! –Setzt die Füße nicht einwärts: ein wohlerzogenes Entlein setzt die Füße weit auswärts, gerade wie Vater und Mutter; seht: So! Nun neigt euren Hals und sagt: Rapp!«

Und das taten sie; aber die andern Enten ringsumher betrachteten sich und sagten ganz laut: »Siehe da! Nun sollen wir noch den Anhang haben; als ob wir nicht schon so genug wären! Und pfui! Wie das eine Entlein aussieht, das wollen wir nicht dulden!« – Und sogleich flog eine Ente hin und biss es in den Nacken.

»Lass es gehen!«, sagte die Mutter. »Es tut niemandem

etwas.« »Ja, aber es ist zu groß und ungewöhnlich«, sagte die beißende Ente, »und deshalb muss es gepufft werden.«

»Es sind hübsche Kinder, welche die Mutter hat«, sagte die alte Ente mit dem Lappen am Bein; »alle schön, bis auf das eine, das ist nicht geglückt; ich wünschte, sie würde es umarbeiten.«

»Das geht nicht, Ihre Gnaden«, sagte die Entleinmutter; »es ist nicht hübsch, aber es hat ein innerlich gutes Gemüt und schwimmt so herrlich wie jedes andere; ja, ich darf sagen, noch etwas besser; ich denke, es wird hübsch heranwachsen und mit der Zeit etwas kleiner werden; es hat zu lange in dem Ei gelegen und deshalb nicht die rechte Gestalt bekommen!« Und so zupfte sie es im Nacken und glättete das Gefieder. »Es ist überdies ein Enterich«, sagte sie, »und darum macht es nicht so viel aus. Ich denke, er wird gute Kräfte bekommen; er schlägt sich schon durch.«

»Die andern Entlein sind niedlich«, sagte die Alte; »tut nun, als ob ihr zu Hause wäret, und findet ihr einen Aalkopf, so könnt ihr ihn mir bringen.«

Und nun waren sie zu Hause.

Aber das arme Entlein, welches zuletzt aus dem Ei gekrochen war und so hässlich aussah, wurde gebissen, gestoßen und zum Besten gehabt, und das sowohl von den Enten wie von den Hühnern. »Es ist zu groß!«, sagten alle und der Puterhahn, welcher mit Sporen zur Welt gekommen war und deshalb glaubte, dass er Kaiser sei, blies sich auf wie ein Fahrzeug mit vollen Segeln und ging auf dasselbe los; dann kollerte er und wurde ganz rot am Kopfe. Das arme Entlein wusste nicht, wo es stehen und gehen sollte;

es war betrübt, weil es hässlich aussah und vom ganzen Entenhofe verspottet wurde.

So ging es den ersten Tag und später wurde es schlimmer und schlimmer. Das arme Entlein wurde von allen gejagt; selbst seine Schwestern waren böse gegen dasselbe und sagten immer: »Wenn die Katze dich nur fangen möchte, du hässliches Geschöpf!« Und die Mutter sagte: »Wenn du nur weit fort wärst!« Die Enten bissen es und die Hühner schlugen es und das Mädchen, welches die Tiere füttern sollte, stieß mit den Füßen nach ihm.

Da lief es und flog über den Zaun; die kleinen Vögel in den Büschen flogen erschrocken auf. Das geschieht, weil ich so hässlich bin, dachte das Entlein und schloss die Augen, lief aber gleichwohl weiter, so kam es hinaus zu dem großen Moor, wo die wilden Enten wohnten. Hier lag es die ganze Nacht; es war müde und voller Kummer.

Gegen Morgen flogen die wilden Enten auf und betrachteten den neuen Kameraden. »Was bist du denn für einer?«, fragten sie; und das Entlein wendete sich nach allen Seiten und grüßte, so gut es konnte.

»Du bist außerordentlich hässlich!«, sagten die wilden Enten, »aber das kann uns gleich sein, wenn du nur nicht in unsere Familie hineinheiratest!« – Das Arme! Es dachte wahrlich nicht daran, sich zu verheiraten, wenn es nur die Erlaubnis erhalten konnte, im Schilfe zu liegen und etwas Moorwasser zu trinken. So lag es zwei Tage; da kamen zwei wilde Gänse oder richtiger wilde Gänseriche dorthin; es war noch nicht lange her, dass sie aus dem Ei gekrochen waren, und deshalb waren sie auch so keck.

»Höre, Kamerad!«, sagten sie. »Du bist so hässlich, dass wir dich gut leiden können; willst du mitziehen und Zugvogel werden? Hier nahebei in einem andern Moor gibt es einige süße, liebliche, wilde Gänse, sämtlich Fräulein, die alle ›Rapp!‹ sagen können. Du bist imstande, dein Glück dort zu machen, so hässlich du auch bist!«

»Piff! Paff!«, ertönte es eben und beide wilden Gänseriche fielen tot in das Schilf nieder und das Wasser wurde blutrot. – »Piff! Paff!«, erscholl es wieder und ganze Scharen wilder Gänse flogen aus dem Schilfe auf. Und dann knallte es abermals. Es war große Jagd; die Jäger lagen rings um das Moor herum; ja, einige saßen oben in den Baumzweigen, welche sich weit über das Schilfrohr hinstreckten. Der blaue Dampf zog gleich Wolken in die dunklen Bäume hinein und weit über das Wasser hin; das Schilf und das Rohr neigten sich nach allen Seiten. Das war ein Schreck für das arme Entlein! Es wendete den Kopf, um ihn unter den Flügeln zu verstecken, aber in demselben Augenblick stand ein fürchterlich großer Hund dicht bei dem Entlein; die Zunge hing ihm lang aus dem Halse heraus und die Augen leuchteten gräulich, hässlich; er streckte seine Schnauze dem Entlein gerade entgegen, zeigte ihm die scharfen Zähne und – platsch, platsch! – ging er wieder, ohne es zu packen.

»Oh Gott sei Dank!«, seufzte das Entlein. »Ich bin so hässlich, dass mich selbst der Hund nicht beißen mag!«

Und so lag es still, während die Schrotkugeln durch das Schilf sausten und Schuss auf Schuss knallte.

Erst spät am Tage wurde es ruhig, aber das arme Junge

wagte noch nicht sich zu erheben; es wartete noch mehrere Stunden, bevor es sich umsah, und dann eilte es fort aus dem Moore, so schnell es konnte. Es lief über Feld und Wiese; da tobte ein solcher Sturm, dass es ihm schwer wurde, von der Stelle zu kommen.

Gegen Abend erreichte es eine kleine, armselige Bauernhütte; die war so baufällig, dass sie selbst nicht wusste, nach welcher Seite sie fallen sollte; und darum blieb sie stehen. Der Sturm umsauste das Entlein so, dass es sich niedersetzen musste, um sich dagegenzustemmen, und es wurde schlimmer und schlimmer. Da bemerkte es, dass die Tür aus der einen Angel gegangen war und so schief hing, dass es durch die Spalte in die Stube hineinschlüpfen konnte, und das tat es.

Hier wohnte eine Frau mit ihrem Kater und ihrer Henne. Und der Kater, welchen sie Söhnchen nannte, konnte einen Buckel machen und schnurren; er sprühte sogar Funken, aber dann musste man ihn gegen das Fell streicheln. Die Henne hatte ganz kleine, niedrige Beine und deshalb wurde sie Küchelchen-Kurzbein genannt; sie legte gute Eier und die Frau liebte sie wie ihr Kind.

Am Morgen bemerkte man sogleich das fremde Entlein; und der Kater begann zu schnurren und die Henne zu glucken. »Was ist das?«, sagte die Frau und sah sich rings um; aber sie sah nicht gut und so glaubte sie, dass das Entlein eine fette Ente sei, die sich verirrt habe. »Das ist ja ein seltener Fang!«, sagte sie. »Nun kann ich Enteneier bekommen. Wenn es nur kein Enterich ist! Das müssen wir erproben.«

Und so wurde das Entlein für drei Wochen auf Probe angenommen; aber es kamen keine Eier. Und der Kater war Herr im Hause und die Henne war die Dame und immer sagte sie: »Wir und die Welt!« Denn sie glaubte, dass sie die Hälfte seien, und zwar die bei Weitem beste Hälfte. Das Entlein glaubte, dass man auch eine andere Meinung haben könne; aber das litt die Henne nicht. »Kannst du Eier legen?«, fragte sie.

»Nein!«

»Nun, da wirst du die Güte haben, zu schweigen!«

Und der Kater sagte: »Kannst du einen krummen Buckel machen, schnurren und Funken sprühen?«

»Nein!«

»So darfst du auch keine Meinung haben, wenn vernünftige Leute sprechen!«

Und das Entlein saß im Winkel und war bei schlechter Laune; da fielen die frische Luft und der Sonnenschein herein; es bekam solche sonderbare Lust, auf dem Wasser zu schwimmen, dass es nicht unterlassen konnte, dies der Henne zu sagen.

»Was fällt dir ein?«, sagte die. »Du hast nichts zu tun, deshalb fängst du Grillen! Lege Eier oder schnurre, so gehen sie vorüber!«

»Aber es ist so schön, auf dem Wasser zu schwimmen«, sagte das Entlein, »so herrlich, es über dem Kopfe zusammenschlagen zu lassen und auf den Grund zu tauchen!«

»Was für ein Vergnügen?«, sagte die Henne. »Du bist wohl verrückt geworden! Frage den Kater danach – er ist das klügste Geschöpf, das ich kenne –, ob er es liebt, auf dem Wasser zu schwimmen oder selbst unterzutauchen?

Ich will nicht von mir sprechen. – Frage selbst unsere Herrschaft, die alte Frau; klüger als sie ist niemand auf der Welt! Glaubst du, dass die Lust hat, zu schwimmen und das Wasser über dem Kopfe zusammenschlagen zu lassen?«

»Ihr versteht mich nicht!«, sagte das Entlein.

»Wir verstehen dich nicht? Wer soll dich denn verstehen können! Du wirst doch wohl nicht klüger sein wollen als der Kater und die Frau, – von mir will ich nicht reden! Bilde dir nichts ein, Kind, und danke deinem Schöpfer für all das Gute, was man dir erwiesen! Bist du nicht in eine warme Stube gekommen und hast du nicht eine Gesellschaft, von der du etwas lernen kannst? Aber du bist ein Schwätzer und es ist nicht erfreulich, sich mit dir abzugeben! Mir kannst du glauben! Ich meine es gut mit dir. Ich sage dir Unannehmlichkeiten und daran kann man seine wahren Freude erkennen! Sieh nur zu, dass du Eier legst oder schnurren und Funken sprühen lernst!«

»Ich glaube, ich gehe hinaus in die weite Welt!«, sagte das Entlein. »Ja, tue das!«, sagte die Henne.

Und das Entlein ging; es schwamm auf dem Wasser, es tauchte unter, aber von allen Tieren wurde es wegen seiner Hässlichkeit übersehen.

Nun trat der Herbst ein; die Blätter im Walde wurden gelb und braun; der Wind fasste sie, sodass sie umhertanzten; und oben in der Luft war es sehr kalt; die Wolken hingen schwer von Hagel und Schneeflocken und auf dem Zaune stand der Rabe und schrie »Au! Au!« vor Kälte; ja, es fror einen schon, wenn man nur daran dachte. Das arme Entlein hatte es wahrlich nicht gut! Eines Abends – es war ein wundervoller Sonnenuntergang! – kam ein Schwarm herrlicher, großer Vögel aus dem Busche; das Entlein hatte nie so schöne gesehen; sie waren blendend weiß, mit langen, geschmeidigen Hälsen: Es waren Schwäne. Sie stießen einen eigentümlichen Ton aus, breiteten ihre prächtigen, langen Flügel aus und flogen aus der kalten Gegend fort nach wärmeren Ländern, nach offenen Seen! Sie stiegen so hoch, so hoch, und dem hässlichen, jungen Entlein wurde gar sonderbar zumute. Es drehte sich im Wasser, wie ein Rad, rundherum, streckte den Hals hoch in die Luft nach ihnen und stieß einen so lauten und sonderbaren Schrei aus, dass es sich selbst davor fürchtete. Oh, es konnte die schönen, glücklichen Vögel nicht vergessen; und sobald es sie nicht mehr erblickte, tauchte es unter bis auf den Grund; und als es wieder heraufkam, war es wie außer sich. Es wusste nicht, wie die Vögel hießen, auch nicht, wohin sie flogen; aber doch war es ihnen gut, wie es nie jemandem gewesen. Es beneidete sie durchaus nicht. Wie konnte es ihm einfallen, sich solche Lieblichkeit zu wünschen? Es wäre schon froh gewesen, wenn die Enten es nur unter sich geduldet hätten – das arme, hässliche Tier!

Der Winter wurde kalt, sehr kalt! Das Entlein musste im Wasser umherschwimmen, um das völlige Zufrieren desselben zu verhindern; aber in jeder Nacht wurde das Loch, in dem es schwamm, kleiner und kleiner. Es fror so, dass es in der Eisdecke knackte; das Entlein musste fortwährend die Beine gebrauchen, damit das Loch sich nicht schloss. Zuletzt wurde es matt, lag ganz stille und fror so am Eise fest.

Des Morgens früh kam ein Bauer; da er dies sah, ging

er hin, schlug mit seinem Holzschuh das Eis in Stücke und trug das Entlein heim zu seiner Frau. Da kam es wieder zu sich.

Die Kinder wollten mit ihm spielen; aber das Entlein glaubte, sie wollten ihm etwas zuleide tun, und fuhr in der Angst gerade in den Milchnapf hinein, sodass die Milch in die Stube spritzte. Die Frau schlug die Hände zusammen, worauf es in das Butterfass, dann hinunter in die Mehltonne und wieder herausflog. Wie sah es da aus! Die Frau schrie und schlug mit der Feuerzange danach; die Kinder rannten einander über den Haufen, um das Entlein zu fangen; sie lachten und schrien! – Gut war es, dass die Tür aufstand und es zwischen die Reiser in den frisch gefallenen Schnee schlüpfen konnte – da lag es ganz ermattet.

Aber all die Not und das Leid, welche das Entlein in dem harten Winter erdulden musste, zu erzählen, würde zu trübe sein. – Es lag im Moore zwischen dem Schilfe, als die Sonne wieder warm zu scheinen begann. Die Lerchen sangen; es war herrlicher Frühling.

Da konnte auf einmal das Entlein seine Flügel spüren; sie brausten stärker als früher und trugen es kräftig davon; und ehe es dasselbe recht wusste, befand es sich in einem großen Garten, wo der Flieder duftete und seine langen grünen Zweige bis zu den geschlängelten Wasserläufen hinunterneigte. Oh, hier war es so schön, so frühlingsfrisch! Und vorn aus dem Dickichte kamen drei prächtige weiße Schwäne; sie brausten mit den Federn und schwammen leicht auf dem Wasser. Das Entlein kannte die prächtigen

Tiere und wurde von einer eigentümlichen Traurigkeit befangen.

»Ich will zu ihnen hinfliegen, zu den königlichen Vögeln! Und sie werden mich totschlagen, weil ich, der ich so hässlich bin, mich ihnen zu nähern wage. Aber das ist einerlei! Besser, von ihnen getötet, als von den Enten gezwackt, von den Hühnern geschlagen, von dem Mädchen, welches den Hühnerhof hütet, gestoßen zu werden und im Winter Mangel zu leiden!« Und es flog hinaus in das Wasser und schwamm den prächtigen Schwänen entgegen; diese erblickten es und schossen mit brausenden Federn auf dasselbe los. »Tötet mich nur!«, sagte das arme Tier, neigte seinen Kopf der Wasserfläche zu und erwartete den Tod. – Aber was erblickte es in dem klaren Wasser? Es sah sein eigenes Bild unter sich, das kein plumper schwarzgrauer Vogel mehr, hässlich und garstig, sondern selbst ein Schwan war.

Es schadet nichts, in einem Entenhof geboren zu sein, wenn man nur in einem Schwanen-Ei gelegen hat!

Es fühlte sich erfreut über all die Not und Drangsal, welches es erduldet. Nun erkannte es erst recht sein Glück an der Herrlichkeit, die es begrüßte. – Und die großen Schwäne umschwammen es und streichelten es mit den Schnäbeln.

In den Garten kamen einige kleine Kinder, die warfen Brot und Korn in das Wasser und das kleinste rief: »Da ist ein neuer!« Und die andern Kinder jubelten mit: »Ja, es ist ein neuer angekommen!« Und sie klatschten mit den Händen und tanzten umher, liefen zu dem Vater und der Mutter und es wurden Brot und Kuchen in das Wasser geworfen und sie sagten alle: »Der neue ist der schönste! So jung und prächtig!« Und die alten Schwäne neigten sich vor ihm.

Da fühlte er sich ganz beschämt und steckte den Kopf unter seine Flügel; er wusste selbst nicht, was er beginnen sollte; er war allzu glücklich, aber durchaus nicht stolz! Er dachte daran, wie er verfolgt und verhöhnt worden war, und hörte nun alle sagen, dass er der schönste aller schönen Vögel sei. Selbst der Flieder bog sich mit den Zweigen zu ihm in das Wasser hinunter und die Sonne schien warm und mild! Da brausten seine Federn; der schlanke Hals hob sich und aus vollem Herzen jubelte er: »So viel Glück habe ich mir nicht träumen lassen, als ich noch das hässliche Entlein war!«

Hans Christian Andersen

Die Prinzessin auf der Erbse

Dänemark

Es war einmal ein Prinz, der wollte eine Prinzessin heiraten; aber es sollte eine wirkliche Prinzessin sein. Da reiste er in der ganzen Welt umher, um eine solche zu finden, aber überall stand dem etwas entgegen. Prinzessinnen gab es genug, aber ob es wirkliche Prinzessinnen waren, konnte er nicht herausbringen. Immer gab es etwas, was nicht in der Ordnung war. Da kam er denn wieder nach Hause und war traurig, denn er wollte doch gar zu gern eine wirkliche Prinzessin haben.

Eines Abends zog ein schreckliches Gewitter auf; es blitzte und donnerte, der Regen strömte herunter, es war entsetzlich! Da klopfte es an das Stadttor und der alte König ging hin, um aufzumachen. Es war eine Prinzessin, die draußen vor dem Tore stand. Aber, oh Gott, wie sah die von dem Regen und dem bösen Wetter aus! Das Wasser lief ihr von den Haaren und den Kleidern herunter; es lief in die Spitzen der Schuhe hinein und an den Hacken wieder heraus. Und doch sagte sie, dass sie eine wirkliche Prinzessin sei.

Ja, das werden wir schon erfahren!, dachte die alte Königin. Aber sie sagte nichts, ging in die Schlafkammer hinein, nahm alle Betten ab und legte eine Erbse auf den Boden der Bettstelle, darauf nahm sie zwanzig Matratzen und legte sie auf die Erbse und dann noch zwanzig Eiderdaunenbetten auf die Matratzen. Darauf musste nun die Prinzessin die ganze Nacht liegen. Am Morgen wurde sie gefragt, wie sie geschlafen habe.

»Oh, schrecklich schlecht!«, sagte die Prinzessin. »Ich habe meine Augen fast die ganze Nacht nicht geschlossen! Gott weiß, was da im Bett gewesen ist! Ich habe auf etwas Hartem gelegen, sodass ich ganz braun und blau über meinen ganzen Körper bin! Es ist entsetzlich!«

Nun sahen sie ein, dass es eine wirkliche Prinzessin war, weil sie durch die zwanzig Matratzen und die zwanzig Eiderdaunenbetten hindurch die Erbse verspürt hatte. So empfindlich konnte niemand sein als eine wirkliche Prinzessin.

Da nahm der Prinz sie zur Frau, denn nun wusste er, dass er eine wirkliche Prinzessin besitze; und die Erbse kam auf die Schlossmuseen, wo sie noch zu sehen ist, wenn niemand sie gestohlen hat.

Sieh, das ist eine wahre Geschichte.

Hans Christian Andersen

Blaubart

Frankreich

Es war einmal ein sehr reicher Mann. Der besaß mehrere prachtvolle Stadthäuser und Villen auf dem Lande, auf seiner Tafel standen silberne und goldene Schüsseln und er fuhr in goldenen Karossen. Aber unglücklicherweise hatte er einen blauen Bart, und das ließ ihn so hässlich und schrecklich aussehen, dass alle Frauen und Mädchen vor ihm flohen.

In seiner Nachbarschaft lebte eine vornehme Dame, die hatte zwei Töchter von unvergleichlicher Schönheit. Er hielt bei ihr um die Hand einer ihrer Töchter an. Sie könne selbst entscheiden, welche sie ihm geben wolle. Aber keines der beiden Mädchen konnte sich entschließen, einen Mann mit blauem Bart zu heiraten. Überdies erschreckte es beide, dass er bereits mehrfach verheiratet gewesen war und niemand sagen konnte, was aus seinen Frauen geworden war.

Da lud der Blaubart die Mädchen mit ihrer Mutter und einigen Freundinnen sowie ein paar junge Herren aus der Nachbarschaft für eine Woche in eines seiner Landhäuser ein. Hier verbrachten sie Tag und Nacht mit nichts anderem als Spazierfahrten, Jagd- und Angelvergnügungen, Tanz, Festmählern und den erlesensten Näschereien. Kurz, alles war so unterhaltsam, dass endlich die jüngere der beiden Schwestern den Bart des Hausherrn gar nicht mehr so blau fand und begann, in ihm einen durch und durch ehrenwerten Mann zu sehen. Kaum zurück in der Stadt, wurde die Ehe geschlossen.

Ein Monat war vergangen, da eröffnete Blaubart seiner Frau, dass er in einer wichtigen Angelegenheit für mindestens sechs Wochen verreisen müsse. Sie solle sich doch in seiner Abwesenheit vergnügen und ihre Freundinnen einladen. »Hier«, sagte er, »sind die Schlüssel zu den beiden großen Möbellagern, hier der zu dem Schrank mit dem Gold- und Silbergeschirr für besondere Gelegenheiten, hier ist der Schlüssel zu meinen Gold- und Silbertruhen, der hier ist für die Schmuckkassetten und dieser hier passt auf alle Zimmer. Dieser kleine Schlüssel aber gehört zu der Kammer am Ende der großen Galerie unten. Öffne alles, geh, wohin du willst, aber hüte dich, die kleine Kammer zu betreten. Das verbiete ich dir ausdrücklich. Mein Zorn wird keine Grenzen kennen, wenn du die Tür öffnest.«

Sie versprach, alle seine Befehle sorgfältig zu beachten. Da umarmte er sie, bestieg seine Karosse und fuhr seines Weges. Die Freundinnen der jungen Ehefrau platzten geradezu vor Neugier, all die Reichtümer des Hauses zu sehen.

Solange der Ehemann da war, hatten sie nicht zu kommen gewagt, weil ihnen sein blauer Bart Angst einflößte. Jetzt aber liefen sie durch alle Zimmer und Kammern, durchstöberten die Kleiderschränke und konnten sich oben, wo die Möbel gelagert wurden, nicht satt sehen an der Menge und der Schönheit der Wandbehänge, an den Betten, Sofas, Schränken und Schränkchen, Tafeln und Tischchen. Da standen Spiegel, in denen man sich von Kopf bis Fuß sehen konnte, mit Rahmen, weiß wie Schnee, silber- und goldglänzend, schöner und großartiger als alles, was sie je gesehen hatten. Sie konnten das Glück ihrer Freundin gar nicht genug preisen und beneiden.

Diese aber hatte kaum einen Blick für die Reichtümer. So sehr brannte sie vor Ungeduld, die kleine Kammer zu öffnen, dass sie, ganz und gar unhöflich, ihre Gäste allein ließ und über eine Geheimtreppe in die Galerie hinabstieg. Zwar dachte sie vor der Tür der Kammer kurz an das Verbot und die Drohungen ihres Mannes, aber die Versuchung war so stark, dass sie ihr nicht widerstehen konnte. Sie nahm den kleinen Schlüssel und öffnete zitternd die Tür.

Zuerst sah sie nichts, da die Fensterläden geschlossen waren. Nach einigen Augenblicken aber entdeckte sie, dass die Dielen über und über mit Blut getränkt waren, und dann entdeckte sie die Leichen all der Frauen, die Blaubart geheiratet und denen er einer nach der anderen den Hals aufgeschnitten hatte. Bebend vor Furcht, ließ die Frau den Schlüssel aus der Hand gleiten. Er fiel zu Boden. Sie hob ihn auf, verschloss die Tür und ging hinauf in ihr Zimmer, um sich von den Schrecken zu erholen.

Da sie bemerkt hatte, dass der Schlüssel von Blut befleckt war, versuchte sie, ihn zu reinigen. Aber wie sehr sie ihn auch wusch und mit Sand und Bimsstein scheuerte, das Blut wollte nicht verschwinden, denn der Schlüssel war verzaubert und es gab kein Mittel, ihn zu säubern. Wenn man das Blut auf einer Seite entfernte, erschien es auf der anderen von Neuem.

Blaubart kehrte noch am gleichen Abend von seiner Reise zurück. Er habe, erklärte er, unterwegs einen Brief erhalten, dass die Angelegenheit, um deretwillen er sich auf die Reise begeben hatte, schon zu seiner Zufriedenheit erledigt sei. Seine Frau tat, was sie konnte, um ihm zu zeigen, dass sie entzückt von seiner raschen Rückkehr sei.

Am nächsten Morgen verlangte er seine Schlüssel zurück, bemerkte aber sogleich, dass der Schlüssel zu der Kammer nicht dabei war. »Den muss ich«, sagte seine Frau zitternd, »oben in meinem Zimmer auf dem Tisch liegen gelassen haben.« – »Dann hol ihn bitte sogleich!«, sagte Blaubart.

Da halfen ihr keine Ausflüchte, sie musste ihn holen. Blaubart betrachtete den Schlüssel, dann fragte er: »Wie kommt das Blut an den Schlüssel?« – »Davon weiß ich nichts«, antwortete die arme Frau, bleicher als der Tod. – »Davon weißt du nichts?«, wiederholte Blaubart. »Aber ich weiß es. Du wolltest wohl die verbotene Kammer betreten? Nun denn, meine Liebe, du wirst sie betreten und dort deinen Platz neben den anderen Damen finden.«

Sie warf sich weinend ihrem Gatten zu Füßen, gestand, dass sie ungehorsam gewesen war, und bat ihn mit allen Anzeichen echter Reue um Vergebung. Sie hätte einen

Stein erweicht, schön und verzweifelt, wie sie war; aber Blaubart hatte ein Herz härter als Stein. »Du musst sterben«, sagte er, »auf der Stelle!« – »Wenn ich denn schon sterben muss«, erwiderte sie mit tränenverschleierten Augen, »gib mir Zeit, noch ein Gebet zu sprechen.« – »Ich gebe dir eine Viertelstunde«, entgegnete Blaubart, »aber keine Minute mehr.«

Als sie allein war, rief sie ihre Schwester und sagte zu ihr: »Liebe Anne« – so nämlich hieß ihre Schwester – »steig auf den Turm und schau, ob nicht meine Brüder kommen. Sie haben versprochen, mich heute zu besuchen, und wenn du sie siehst, gib ihnen Zeichen, sich zu beeilen.« Die Schwester stieg auf den Turm, während die arme Unglückliche rief: »Anne, Anne meine Schwester, siehst du niemanden kommen?«, und die Schwester rief zurück: »Ich sehe nichts als die gleißende Sonne und das grüne Gras.«

Indessen schrie Blaubart, ein großes Messer in der Hand, aus Leibeskräften hinauf zu seiner Frau: »Komm sofort herunter oder ich komme hinauf.« – »Noch einen Augenblick, bitte«, antwortete seine Frau und zugleich rief sie leise: »Anne, Anne, meine Schwester, siehst du niemanden kommen?« – »Ich sehe nichts als die gleißende Sonne und das grüne Gras.« – »Komm sofort hinunter«, schrie Blaubart, »oder ich komme nach oben.« – »Ich komme«, antwortete die Frau; und dann rief sie: »Anne, Anne meine Schwester, siehst du niemanden kommen?« – »Ich sehe«, erwiderte Anne, »eine große Staubwolke« – »Sind das meine Brüder?« – »Ach nein, meine Schwester; es ist leider nur eine Schafherde.« – »Willst du nicht herunterkommen«, schrie Blaubart. – »Noch einen Augenblick«, antwortete seine Frau; und dann rief sie: »Anne, Anne meine Schwester, siehst du niemanden kommen?« – »Ich sehe«, entgegnete sie, »zwei Reiter, aber sie sind noch weit entfernt. – Gelobt sei Gott!«, rief sie einen Augenblick später, »das sind die Brüder. Ich mache ihnen Zeichen, dass sie sich beeilen sollen.«

Jetzt brüllte Blaubart so laut, dass das ganze Haus erzitterte. Die arme Frau stieg hinab und wollte sich ihm zu Füßen werfen, tränenüberströmt und mit zerzaustem Haar. »Das nützt dir nichts«, sagte Blaubart, »du musst sterben.« Dann packte er sie mit einer Hand an den Haaren, mit der anderen hob er das Messer und war im Begriff, ihr den Kopf abzuschneiden. Die arme Frau wandte sich ihm zu, schaute ihn voll Todesangst an und bat ihn, ihr noch einen Augenblick zu schenken, damit sie sich fassen könne. »Nein, nein«, sagte er, »gib deine Seele in Gottes Hand.« Er hob den Arm … Da klopfte es so laut am Tor, dass er innehielt. Wenig später stürmten zwei Bewaffnete herein, mit gezogenem Degen geradewegs auf Blaubart zu.

Der erkannte die Brüder seiner Frau, der eine ein Dragoner, der andere ein Musketier, und versuchte zu fliehen. Aber die beiden verfolgten und stellten ihn. Sie durchbohrten ihn mit ihren Degen. Er fiel tot zu Boden. Die arme Frau war fast genauso tot wie ihr Mann und hatte nicht mehr die Kraft, sich zu erheben, um ihre Brüder zu umarmen.

Da Blaubart ohne Erben gestorben war, blieb seine Frau Besitzerin seines gesamten Vermögens. Sie gab einen Teil davon ihrer Schwester, sodass diese einen jungen Edelmann heiraten konnte, in den sie schon lange verliebt war. Ihre Brüder kaufte sie in Offiziersstellen ein. Sie selbst heiratete einen ehrenwerten Mann, der sie die schlimme Zeit vergessen ließ, die sie mit Blaubart gehabt hatte.

Charles Perrault
(übersetzt und bearbeitet von Friedrich Stephan)

Der gestiefelte Kater

Frankreich

Es war einmal ein Müller, der hinterließ seinen drei Söhnen seine gesamte Habe, und die bestand aus nichts anderem als seiner Mühle, einem Esel und einem Kater. Das war schnell verteilt, man brauchte dafür weder Notar noch Rechtsanwalt. Die hätten das Vermögen im Handumdrehen aufgezehrt. So bekam der älteste die Mühle, der zweite den Esel und der jüngste nichts als den Kater.

Letzterer war untröstlich ob seines kleinen Anteils. »Meine Brüder«, klagte er, »werden ein anständiges Auskommen haben, wenn sie sich zusammentun. Ich aber werde, wenn ich meinen Kater gegessen und mir einen Muff aus seinem Fell geschneidert habe, hungers sterben.«

Der Kater, der diese Rede gehört hatte, aber sich nichts anmerken ließ, sagte in gemessenem und ernsthaftem Ton: »Macht Euch keine Sorgen, Herr! Ihr braucht mir nur einen Sack zu geben und mir ein Paar Stiefel anfertigen lassen, mit denen ich durch die Büsche streifen kann, und Ihr werdet sehen, dass Ihr nicht das schlechteste Los gezogen habt.«

Der junge Herr maß diesen Worten zwar nicht allzu großes Gewicht bei, doch erinnerte er sich an das große Geschick, das der Kater beim Fangen von Ratten und Mäusen an den Tag legte, wenn er sich zum Beispiel im Mehl tot gestellt hatte. So war er denn nicht ohne Hoffnung, dass der Kater ihm helfen könne. Als der Kater das Verlangte erhalten hatte, zog er mutig die Stiefel an, schulterte den Sack und nahm die Schnüre zwischen die Vorderpfoten. Dann machte er sich auf in ein Wildgehege, wo es zahlreiche Kaninchen gab. Er steckte Kleie und Lattich in den Sack, stellte sich tot und wartete darauf, dass ein junges Kaninchen, das noch nicht wusste, wie schlecht die Welt war, durch das Futter angelockt würde.

Kaum hatte er sich hingelegt, da steckte auch schon ein Kaninchen im Sack. Meister Kater zog an den Schnüren, das Tier war gefangen und er tötete es ohne Erbarmen.

Stolz über seine Beute, begab er sich zum König und verlangte, ihn zu sprechen. Man hieß ihn zu den Gemächern Seiner Majestät hinaufsteigen. Er trat ein, machte eine tiefe Verbeugung und sprach:

»Hier, Majestät, habe ich für Sie ein Kaninchen aus dem Wildgehege, welches mir der Herr Marquis von Carabas – das war der Name, den er sich für seinen Herrn ausgedacht hatte – aufgetragen hat, seiner Majestät zu verehren.«

»Richte deinem Herrn aus«, erwiderte der König, »dass ich ihm danke und dass er mir eine Freude gemacht hat.«

Ein anderes Mal legte er sich in einem Kornfeld auf die Lauer, den geöffneten Sack immer neben sich, und als zwei Rebhühner hingeschlüpft waren, fing er sie, indem er die Schnüre zuzog. Dann überreichte er sie wie zuvor das Kaninchen dem König. Dieser war hocherfreut und ließ dem Kater zu trinken anbieten. Zwei oder drei Monate lang brachte der Kater nun von Zeit zu Zeit dem König Wild aus der Jagbeute seines Herrn. Eines Tages nun brachte er in Erfahrung, dass der König mit seiner Tochter, der schönsten Prinzessin auf der ganzen Welt, eine Spazierfahrt am Flussufer machen wollte. Da sagte er zu seinem Herrn: »Wenn Ihr meinem Rat folgen wollt, wird Euer Glück gemacht sein. Ihr braucht nur an einer Stelle, die ich Euch zeigen werde, im Fluss zu baden. Im Übrigen lasst mich nur machen.«

Der Marquis von Carabas tat, wie ihm sein Kater geraten hatte, ohne zu wissen, wozu das gut sein sollte. Während er nun badete, kam der König vorüber und der Kater rief aus voller Kehle: »Zu Hilfe! Zu Hilfe! Da, der Marquis von Carabas, er ertrinkt.«

Bei diesem Ruf steckte der König den Kopf aus der Wagentür, und als er den Kater erkannte, der ihm so oft Wildbret gebracht hatte, befahl er seinen Wachen, dem Herrn Marquis von Carabas schnell zu Hilfe zu kommen.

Während man den armen Marquis aus dem Fluss zog, trat der Kater an die Karosse heran und erzählte dem König, sein Herr habe ein Bad genommen und da seien Diebe gekommen und hätten seine Kleider entwendet, obgleich er ganz laut *Haltet den Dieb* gerufen hätte. In Wirklichkeit hatte der Schelm sie unter einem großen Stein versteckt.

Sofort befahl der König seinen Kammerdienern, eines seiner schönsten Gewänder für den Herrn Marquis von Carabas herauszusuchen. Er erwies ihm seine Gunst auch sonst auf vielfache Weise, und da die schönen Gewänder sein ohnehin gutes Aussehen und seine Figur so recht zur Geltung brachten, gefiel er auch der Königstochter sehr. Kaum hatte der Marquis von Carabas ihr zwei oder drei zärtliche Blicke zugeworfen, natürlich voller Respekt, da war sie schon bis über beide Ohren in ihn verliebt.

Der König ließ ihn nun in die Kutsche einsteigen, damit er sie auf ihrer Ausfahrt begleite. Der Kater war begeistert, dass sich sein Plan so gut anließ, und lief voraus. Als er auf einige Bauern traf, die eine Wiese schnitten, drohte er ihnen: »Wenn der König vorbeikommt, rate ich euch dringend, ihm zu sagen, dass die Wiese, die ihr schneidet, dem Marquis von Carabas gehört. Sonst werdet ihr alle klein gehackt wie Pastetenfleisch.«

Natürlich fragte der König die Leute, wem die Wiese gehörte, die sie mähten. Und aus Angst vor den Drohungen des Katers antworteten sie im Chor: »Sie gehört dem Marquis von Carabas.«

»Da habt Ihr einen schönen Besitz«, meinte der König zum Marquis von Carabas. »Sie sehen Majestät«, entgegnete dieser, »das ist eine Wiese, die jedes Jahr reichen Ertrag bringt.«

Meister Kater, der immer noch vorauslief, traf auf Leute, die ein Getreidefeld mähten, und drohte auch ihnen: »Wenn der König vorbeikommt, rate ich euch dringend, ihm zu sagen, dass das Feld, das ihr mäht, dem Marquis von Carabas gehört. Sonst werdet ihr alle klein gehackt wie Pastetenfleisch.«

Der König, der kurz darauf vorüberkam, wollte wissen, wem die Weizenfelder gehörten. »Dem Herrn Marquis von Carabas«, erwiderten die Leute und der König zeigte sich wieder erfreut über den Besitz des Herrn Marquis. Der Kater aber, der weiter vor der Kutsche herlief, wiederholte seine Drohung gegenüber allen, denen er begegnete, und der König war aufs Höchste erstaunt über die großen Güter des Marquis von Carabas.

Endlich erreichte Meister Kater ein schönes Schloss, dessen Herr ein Menschenfresser war. Einen reicheren Mann kannte niemand, denn alle die Ländereien, durch die der König hindurchgekommen war, gehörten zu seinem Schloss. Der Kater zog genaue Erkundigungen darüber ein, wer dieser Menschenfresser war und über welche Kräfte er verfügte. Dann suchte er um ein Gespräch mit ihm nach. Er wolle, sagte er, nicht an seinem Schloss vorüberziehen, ohne ihm seine Aufwartung zu machen.

Der Menschenfresser empfing ihn so höflich, wie das ein Menschenfresser kann, und hieß ihn Platz zunehmen. »Man hat mir versichert«, sprach der Kater, »dass Sie über die Gabe verfügen, sich in jede Art von Tier zu verwandeln. Sie könnten sich zum Beispiel in einen Löwen verwandeln oder in einen Elefanten.«

»Das stimmt«, antwortete der Menschenfresser barsch, »und um Ihnen das zu beweisen, werden Sie mich jetzt als Löwen sehen.« Der Kater war so erschreckt, einen Löwen vor sich zu sehen, dass er augenblicklich die Flucht auf das

Dach antrat, was nicht ganz mühelos und ungefährlich war, da man sich mit Stiefeln auf Dachziegeln nicht besonders gut halten kann.

Wenig später, als der Kater sah, dass der Menschenfresser seine frühere Gestalt wieder angenommen hatte, stieg er hinab und gestand, dass er große Angst empfunden hätte. »Man hat mir auch noch versichert«, sagte der Kater, »aber das kann ich kaum glauben, dass Sie auch die Fähigkeit haben, sich in ganz kleine Tiere zu verwandeln, zum Beispiel in eine Ratte oder eine Maus: Das halte ich, ich muss es gestehen, für ganz unmöglich.«

»Unmöglich?«, erwiderte der Menschenfresser, »Sie werden schon sehen!« Und auf der Stelle verwandelte er sich in eine Maus, die auf dem Fußboden herumlief. Kaum hatte der Kater diese bemerkt, da stürzte er sich auf sie und fraß sie auf.

Unterdessen begehrte der König, als er das schöne Schloss des Menschenfressers im Vorbeifahren erblickte, dieses zu besichtigen. Der Kater, der die Karosse über die Zugbrücke rasseln hörte, lief herbei und sprach zum König: »Euer Majestät, seien Sie willkommen im Schloss des Herrn Marquis von Carabas!«

»Wie, Herr Marquis«, rief der König, »dieses Schloss gehört auch Euch? Etwas Schöneres als diesen Schlosshof und die prachtvollen Gebäude ringsum kann man sich ja gar nicht vorstellen. Lasst uns das Innere besichtigen, wenn es Euch beliebt.«

Der Marquis reichte der jungen Prinzessin die Hand, dann folgten sie dem König, der vorausging, in einen großen Saal, wo sie eine erlesene Mahlzeit vorfanden, die der Menschenfresser für seine Freunde hatte zubereiten lassen. Sie waren gerade für diesen Tag eingeladen worden, hatten aber nicht einzutreten gewagt, weil sie wussten, dass der König dort war. Der König war entzückt über all die guten Seiten des Herrn Marquis von Carabas und über seine Tochter, die bis über beide Ohren verliebt war. Nachdem er fünf oder sechs Pokale geleert hatte, verkündete er angesichts der reichen Besitztümer des Marquis: »Es liegt allein an Euch, mein Herr Marquis, ob ihr mein Schwiegersohn werden wollt.« Der Marquis nahm das Angebot des Königs mit den Zeichen höchster Ehrerbietung an und heiratete die Prinzessin noch am selben Tage. Der Kater aber wurde ein großer Herr und lief hinfort nur noch zum Vergnügen den Mäuschen hinterher.

Charles Perrault

(nach dem Original frei übersetzt von Friedrich Stephan)

Die Schöne und das Tier

Frankreich

Es war einmal ein sehr reicher Kaufmann, der hatte drei Töchter, an deren Ausbildung er nicht sparte. Die Mädchen waren sehr schön, aber am hübschesten war die jüngste, die man, als sie noch klein war, *das schöne Kind* nannte. Dieser Name blieb ihr, was den Neid ihrer Schwestern erregte. Sie war aber nicht nur schöner als diese, sondern hatte auch einen besseren Charakter. Die beiden älteren Schwestern waren sehr hochmütig. Sie bildeten sich etwas auf ihren großen Reichtum ein, spielten die feinen Damen, wollten mit Kaufmannssöhnen nichts zu tun haben und duldeten nur vornehme Herren als Begleitung. Sie gingen jeden Tag auf Bälle oder ins Theater oder fuhren aus und hatten nichts als Spott für die jüngste übrig, die den größten Teil ihrer Zeit damit verbrachte, gute Bücher zu lesen. Da man wusste, dass die Mädchen sehr reich waren, hielten mehrere große Kaufleute um ihre Hand an, aber die zwei antworteten, dass sie niemals heiraten würden, es sei denn einen Herzog oder zumindest einen Grafen. Die Schöne (denn das war, wie ich sagte, ihr Name) bedankte sich dagegen artig, wenn jemand sie heiraten wollte, sagte aber, sie wolle noch für einige Jahre ihrem Vater Gesellschaft leisten.

Dann aber verlor der Kaufmann von heute auf morgen sein Vermögen und es blieb ihm nichts als ein kleines Haus auf dem Lande, weit weg von der Stadt. Mit Tränen in den Augen erklärte er seinen Töchtern, dass sie nun dort wohnen und durch landwirtschaftliche Arbeit ihren Lebensunterhalt verdienen müssten.

Die beiden älteren Töchter antworteten, sie wollten die Stadt nicht verlassen und sie hätten mehrere Liebhaber, die nur zu glücklich seien sie zu heiraten, auch wenn sie kein Vermögen mehr hätten. Die feinen Damen hatten sich aber getäuscht. Ihre Liebhaber würdigten sie keines Blickes mehr, als sie arm waren. Niemand mochte sie, weil sie so stolz waren, und man sagte: »Sie verdienen nicht, dass man sie bedauert; schön, dass ihr Hochmut bestraft worden ist. Jetzt können sie die feinen Damen beim Hüten der Schafe spielen.« Aber gleichzeitig sagten auch alle: »Die arme Schöne! Ihr Unglück geht uns wirklich zu Herzen, ein so gutes Mädchen. Wie gütig sie immer zu den Armen gesprochen hat! Sie war so sanft, so liebenswürdig!«

Es gab sogar mehrere adlige Herren, die sie heiraten wollten, obgleich sie nicht einen Pfennig besaß. Aber sie sagte, sie könne sich nicht entschließen, ihren armen Vater in seinem Unglück im Stich zu lassen und sie wolle ihm aufs Land folgen, um ihn zu trösten und ihm bei der Arbeit zu helfen. Auch die arme Schöne hatte der Verlust ihres Vermögens zunächst hart getroffen, aber sie sagte sich auch: »Wenn ich laut jammere, bringt das unser Hab und Gut auch nicht zurück, also muss ich mich bemühen, auch ohne Vermögen glücklich zu sein.«

Als der Kaufmann und seine drei Töchter in dem Haus auf dem Lande angekommen waren, machten sie sich an die Landarbeit. Für die Schöne hieß das um vier Uhr morgens aufzustehen, das Haus zu putzen und das Essen für die Familie zu bereiten. Die ungewohnte Tätigkeit als Dienstmädchen machte ihr zuerst viel Mühe. Aber es dauerte keine zwei Monate, das war sie richtig kräftig und von blühender Gesundheit. Wenn sie ihr Tagewerk getan hatte, las sie, spielte das Cembalo oder sang, während sie am Spinnrad saß. Ihre beiden Schwestern langweilten sich dagegen zu Tode. Sie standen um zehn Uhr morgens auf, stolzierten den ganzen Tag herum und ihr einziges Vergnügen bestand darin, den Verlust ihrer früheren Lebensweise und der Gesellschaft in der Stadt zu beklagen. »Schaut euch nur die Kleine an«, sagten sie zueinander, »sie ist ja so dumm und so primitiv, sie ist doch tatsächlich zufrieden mit diesem armseligen Leben.« Der gute Kaufmann aber bewunderte die Tüchtigkeit des Mädchens und besonders ihre Geduld, denn ihre Schwestern ließen sie nicht nur alle Hausarbeit machen, sondern zogen auch unablässig über sie her.

Ein Jahr lang lebte die Familie nun schon auf dem Lande, als der Kaufmann einen Brief des Inhalts erhielt, dass ein Schiff, auf dem er Waren hatte, glücklich gelandet sei.

Diese Neuigkeit verdrehte den beiden älteren schier den Kopf. Endlich, so glaubten sie, könnten sie das Landleben, das sie so langweilte, hinter sich lassen, und als sie nun den Vater fertig zum Aufbruch sahen, da baten sie ihn, Kleider, Röcke, Haarschmuck und alle möglichen anderen Belanglosigkeiten mitzubringen. Die Schöne bat um nichts, denn sie sah, dass der Erlös aus allen Waren nicht ausreichen würden, um die Wünsche der Schwester zu erfüllen.

»Und du bittest mich um gar nichts, was ich für dich kaufen soll?«, fragte der Vater.

»Da du die Güte hast, an mich zu denken«, sagte sie, »bitte ich dich darum, eine Rose mitzubringen, denn die gibt es hier nicht.«

Sie begehrte nicht wirklich eine Rose, aber sie wollte sich nicht von ihren Schwestern nachsagen lassen, sie wolle sich nur dadurch hervortun, dass sie keinen Wunsch äußerte.

Der gute Mann reiste ab, aber als er in der Stadt angekommen war, bestritt man ihm vor Gericht das Eigentum an seinen Waren; kurz und gut, er musste den Rückweg antreten, so arm wie zuvor. Einzig die Freude, seine Kinder wiederzusehen, trieb ihn nach Hause. Aber als er auf dem Heimweg einen dunklen Wald durchquerte, verirrte er sich. Es schneite entsetzlich, der Wind blies so heftig, dass es ihn zweimal vom Pferd wehte. Schon war die Nacht gekommen. Er dachte, er würde vor Hunger oder Kälte sterben oder die Wölfe, die er ringsum heulen hörte, würden ihn fressen. Plötzlich jedoch sah er am Ende einer langen Reihe von Bäumen ein helles Licht. Es kam von einem großen Schloss, das hell erleuchtet war. Der Kaufmann dankte

Gott für die Hilfe und eilte auf das Schloss zu. Wer aber beschreibt sein Erstaunen, als er den Schlosshof leer fand. Sein Pferd, das er hinter sich hergeführt hatte, war halb verhungert. Als es eine offene Stalltür und dahinter Heu und Hafer entdeckte, machte es sich gierig darüber her. Der Kaufmann band es fest und ging in das Herrenhaus. Auch hier war niemand zu sehen. Aber in einem großen Saal fand er ein warmes Feuer und eine Tafel mit gutem Fleisch, gedeckt für nur eine Person. Da er von dem Regen und Schnee bis auf die Haut durchnässt war, trat er ans Feuer, um sich zu trocknen. Dabei sagte er zu sich selbst: »Der Herr des Hauses oder seine Bediensteten werden mir die Freiheit gestatten, die ich mir herausnehme. Zweifellos werden sie auch gleich kommen.«

Als es aber elf Uhr geschlagen hatte, ohne dass er jemanden gesehen hatte, konnte er seinem Hunger nicht mehr widerstehen, nahm ein gebratenes Hühnchen und verschlang es, nicht ohne Furcht, in zwei Bissen. Er trank auch mehrere Becher Wein, und, einmal mutiger geworden, beschloss er, sich umzusehen. Er durchquerte mehrere großzügig möblierte Räume und fand endlich ein Zimmer, in dem ein gutes Bett stand. Da die Mitternacht vorüber und er sehr erschöpft war, schloss er die Tür und legte sich schlafen.

Es war zehn Uhr am nächsten Morgen, als er sich erhob. Voller Überraschung entdeckte er anstelle seiner Kleidung ein sehr ansehnliches und bequemes Gewand. »Kein Zweifel«, meinte er, »dieses Schloss muss einer guten Fee gehören, die sich meiner Notlage erbarmt hat.«

Er blickte aus dem Fenster. Da war kein Schnee mehr zu sehen, stattdessen entzückten die schönsten Blumen das Auge. Er kehrte zurück in den großen Saal, wo er zu Abend gegessen hatte, und entdeckte einen kleinen Tisch, auf dem heiße Schokolade dampfte. »Ich danke Ihnen, gnädige Frau Fee«, sagte er laut, »dass Sie die Güte hatten, an mein Frühstück zu denken.«

Nachdem der gute Mann seine Schokolade zu sich genommen hatte, ging er hinaus, um nach seinem Pferd zu schauen. Als er unter einem Rosenbogen einherschritt, erinnerte er sich plötzlich an den Wunsch der Schönen und brach ein Rosenzweiglein ab. In diesem Augenblick hörte er ein schreckliches Geräusch und sah ein Untier auf sich zukommen, so schrecklich, dass er fast ohnmächtig geworden wäre. »Du bist außerordentlich undankbar!«, grollte das Untier mit entsetzlicher Stimme, »ich habe dir das Leben gerettet, indem ich dich in meinem Schloss aufgenommen habe, und für diese Mühe stiehlst du meine Rosen, die ich liebe wie sonst nichts auf der Welt! Dafür musst du sterben. Ich gebe dir nur eine Viertelstunde, damit du deinen Frieden mit Gott machen kannst.«

Der Kaufmann warf sich auf die Knie, rang die Hände und sagte zu dem Untier: »Mein Herr, bitte verzeiht mir, ich wusste nicht, dass ich Euch ein solches Unrecht tun würde, als ich eine Rose für eine meiner Töchter abpflückte, die mich darum gebeten hatte.«

»Mich redet man nicht mit ›Mein Herr‹ an«, entgegnete das Ungeheuer, »ich bin das ›Tier‹. Ich mag keine Schmeicheleien, sondern möchte, dass man mir sagt, was man denkt. Glaube also nicht, dass du mich mit schönen Worten rühren kannst. Aber du hast gesagt, dass du Töchter hast. Ich will dir verzeihen, wenn eine deiner Töchter freiwillig kommt, um an deiner Stelle zu sterben. Versuche nicht, mir zu widersprechen, geh und schwöre, dass du innerhalb von drei Monaten zurückkehrst, wenn deine Töchter sich weigern, für dich zu sterben.«

Der gute Mann hatte nicht die Absicht, eine seiner Töchter zu opfern, aber er dachte: Wenigstens werde ich die Freude haben, sie noch einmal zu umarmen.

Also schwor er, dass er zurückkommen würde, und das Tier erlaubte ihm zu gehen, wann er wolle. »Aber«, fügte es hinzu, »du sollst nicht mit leeren Händen gehen. Geh zurück in das Zimmer, in dem du geschlafen hast. Dort findest du eine große Truhe. In diese darfst du alles packen, was dir gefällt. Ich werde es zu dir bringen lassen.«

Mit diesen Worten verschwand das Tier und der gute Mann sagte zu sich: »Wenn ich schon sterben muss, dann ist es doch wenigstens tröstlich, dass ich meinen Töchtern das Brot zum Leben hinterlassen werde.«

Er kehrte zurück in den Raum, in dem er geschlafen hatte, fand dort einen großen Haufen Goldstücke, füllte damit die Truhe, von der das Tier gesprochen hatte, holte sein Pferd aus dem Stall und verließ das Schloss, wobei seine Trauer ebenso groß war wie seine Freude, als er das Schloss betreten hatte. Das Pferd fand von allein den Weg aus dem Wald und in wenigen Stunden erreichte der Kaufmann sein kleines Haus. Seine Kinder umringten ihn, aber statt sich an ihren Liebkosungen zu freuen, brach der Kaufmann in

Tränen aus, als er sie sah. In der Hand hielt er den Rosenzweig, den er für die Schöne mitgebracht hatte. Er gab ihn ihr und sagte: »Meine Schöne, nimm diese Rosen, sie werden euren unglücklichen Vater teuer zu stehen kommen.« Dann erzählte er das traurige Abenteuer, das ihm widerfahren war. Bei seiner Erzählung stießen die beiden älteren laute Verwünschungen gegen die Schöne aus, die keine Träne vergoss. »Das kommt von so viel Hochmut dieser nichtsnützigen Kreatur«, sagten sie, »hätte sie nicht schöne Sachen verlangen können, wie wir? Aber nein, Mademoiselle wollte etwas Besonderes. Sie wird schuld am Tod unseres Vaters sein und sie vergießt nicht einmal eine Träne.«

»Das wäre doch ganz überflüssig«, entgegnete die Schöne, »warum sollte ich den Tod meines Vaters beweinen? Er wird doch gar nicht sterben. Das Ungeheuer will sich mit einer der Töchter zufriedengeben. Ich will mich seinem Zorn ausliefern und es macht mich glücklich, so meinen Vater zu retten und ihm meine Liebe zu zeigen.«

Der Vater war gerührt von dem guten Herzen der Schönen, aber ihr Angebot annehmen wollte er nicht. »Ich bin alt«, sagte er, mir bleibt nicht mehr viel Zeit zu leben. Also werde ich nicht mehr als wenige Jahre meines Lebens verlieren, und das tut mir nicht leid außer für euch, meine lieben Kinder.«

»Ich versichere dir, mein Vater«, sagte die Schöne, »dass du nicht ohne mich zu diesem Schloss gehen wirst. Du wirst mich nicht daran hindern können, dir zu folgen. Auch wenn ich jung bin, hänge ich doch nicht so sehr an meinem Leben, und mir wäre lieber, das Ungeheuer würde mich verschlingen, als dass ich aus Gram über den Verlust meines lieben Vaters sterben würde.«

Man mochte sagen, was man wollte, die Schöne war fest entschlossen, zu dem wunderbaren Schloss aufzubrechen, sehr zur Freude ihrer Schwestern, die so eifersüchtig auf ihre tugendhafte Schwester waren, dass sie sie gern dem Ungeheuer überließen. Die Gedanken des Kaufmanns waren so erfüllt vom drohenden Verlust seiner Tochter, dass er gar nicht an die Truhe dachte, die er mit Gold gefüllt hatte. Als er sich aber in sein Zimmer begeben hatte, um sich hinzulegen, fand er diese zu seinem Erstaunen am Fuße seines Bettes. Er beschloss, seinen plötzlichen Reichtum für sich zu behalten, wusste er doch, dass die beiden älteren Töchter dann sogleich in die Stadt hätten zurückkehren wollen. Er aber wollte das Ende seines Lebens ebendort auf dem Lande verbringen. Allerdings vertraute er der Schönen sein Geheimnis an. Sie erzählte ihm nun, dass in seiner Abwesenheit mehrere junge Adlige zu Besuch gekommen seien und dass es unter diesen zwei gebe, die ihre Schwestern liebten. Sie bat nun den Vater, die Schwestern mit diesen zu verheiraten; denn sie hatte ein so gutes Herz, dass sie den Schwestern das Böse, das sie ihr angetan hatten, von ganzem Herzen vergab. Die beiden hinterhältigen Mädchen rieben sich die Augen mit einer Zwiebel ein, damit ihnen die Tränen kamen, als die Schöne mit ihrem Vater aufbrach, der wirklich weinte. Einzig die Schöne weinte nicht, um den Schmerz der anderen nicht noch zu verstärken.

Das Pferd schlug den Weg zum Schloss ein, das sie am Abend fanden, beleuchtet wie das erste Mal. Das Pferd blieb allein im Stall und der gute Mann betrat zusammen mit seiner Tochter den großen Saal, wo sie einen reich geschmückten Tisch fanden, gedeckt für zwei Personen. Der Kaufmann mochte nichts essen, die Schöne aber zwang sich, ruhig zu erscheinen, begab sich zu Tisch und bediente auch ihren Vater mit den Köstlichkeiten. Dabei dachte sie: Das Ungeheuer will mich mästen, bevor es mich frisst, sonst hätte es den Tisch nicht so reich gedeckt.

Als sie gegessen hatten, hörten sie ein lautes Geräusch. Die Schöne schauderte beim Anblick des Ungeheuers, aber dann fasste sie sich, und als sie gefragt wurde, ob sie aus freien Stücken gekommen sei, bejahte sie dies, wenn auch zitternd.

»Du bist ein gutes Mädchen«, sagte das Tier, »und ich stehe in deiner Schuld.« Dann wandte es sich an den Mann und sagte: »Guter Mann, mach dich morgen früh auf den Weg und denk nicht daran, jemals wieder hierherzukommen. Adieu, meine Schöne!«

»Adieu, mein Tier«, erwiderte diese.

Und dann war das Ungeheuer verschwunden.

»Ach, meine Tochter!«, sagte der Kaufmann und umarmte die Schöne, »ich bin halb tot vor Schrecken. Vertrau mir, lass mich hier!«

»Nein, mein Vater«, entgegnete die Schöne mit fester Stimme, du brichst morgen früh auf und überlässt mich dem Beistand des Himmels, vielleicht finde ich dort Erbarmen.«

Sie legten sich schlafen, überzeugt, sie könnten die ganze Nacht kein Auge zutun. Und doch, sie waren kaum in ihren Betten, als sich ihre Augen schon schlossen. Im Traum erschien der Schönen eine Dame, die ihr sagte: »Ich bin mit dir zufrieden, du Schöne! Dass du dein Leben geben willst, um das deines Vaters zu retten, ist eine gute Tat. Sie soll nicht ohne Belohnung bleiben.« Als sie aufstand, erzählte die Schöne dem Vater ihren Traum. Aber das linderte nicht dessen bitteren Schmerz, als er sich von der Tochter verabschieden musste.

Als er fort war, setzte sich die Schöne in dem großen Saal hin. Ihr kamen die Tränen. Sie war nämlich fest davon überzeugt, dass das Tier sie am Abend verspeisen würde. Aber da sie sehr mutig war, legte sie ihr Schicksal in Gottes Hand und beschloss, die kurze Zeit, die ihr zum Leben blieb, nicht mit Trübsal zu vergeuden und lieber das schöne Schloss in Augenschein zu nehmen. Wie erstaunt war sie aber, als sie eine Tür fand, auf der »Zimmer der Schönen« geschrieben stand. Als sie diese hastig öffnete, nahmen ihr der Glanz und die Großartigkeit fast den Atem. Aber was sie am meisten verblüffte, waren eine große Bibliothek, ein Cembalo und zahlreiche Notenbücher. »Man will offensichtlich nicht, dass ich mich langweile«, sagte sie leise und fügte hinzu: »Wenn ich hier nur für einen Tag bliebe, hätte man sicher nicht solche Vorkehrungen getroffen.«

Das machte ihr Mut. Sie betrat die Bibliothek und sah hier ein Buch, in dem in goldenen Lettern geschrieben stand: »Dein Wunsch ist Befehl, du bist die Herrin hier und die Gebieterin.« – »Ach!«, seufzte sie, »ich wünschte, ich könnte sehen, wie es meinem armen Vater im Moment ergeht.«

Sie hatte dies mehr gedacht als gesagt, aber wie groß war ihr Erstaunen, als ihr Blick auf einen großen Spiegel fiel, in dem sie ihr Haus entdeckte, wo ihr Vater gerade mit todtrauriger Miene eintraf? Und da stürzten ihre Schwestern heraus. Und obwohl sie sich alle Mühe gaben, untröstlich zu erscheinen, leuchtete die Freude darüber, ihre Schwester los zu sein, auf ihren Gesichtern. Und dann war all dies verschwunden und die Schöne hatte das sichere Gefühl, dass das Tier eigentlich sehr nett war und sie nichts von ihm zu befürchten hatte. Mittags fand sie den Tisch gedeckt und das Essen wurde begleitet von einem herrlichen Konzert, obgleich sie keinen einzigen Musiker entdecken konnte. Abends aber, als sie sich an den Tisch setzen wollte, hörte sie das Geräusch, mit dem das Tier sein Kommen anzukündigen pflegte, und sie konnte nicht anders: Sie zitterte.

»Schöne«, sagte das Tier, »möchtest du, dass ich dir beim Essen zusehe?«

»Sie sind der Herr«, sagte die Schöne bebend.

»Nein«, antwortete das Tier, »hier gibt es keine Herrin außer dir. Du brauchst nur zu sagen, dass ich gehen soll, wenn ich dich langweile, und ich verschwinde auf der Stelle. Sag, findest du mich nicht sehr hässlich?«

»Das ist wohl wahr«, sagte die Schöne, »lügen will ich nicht, aber ich glaube, du hast ein sehr gutes Herz.«

»Das ist wahr«, sagte das Ungeheuer, »aber abgesehen davon, dass ich hässlich bin, bin ich auch nicht besonders klug; ich weiß sehr wohl, dass ich nur ein Tier bin.«

»Man ist kein Tier«, entgegnete die Schöne, »wenn man glaubt, nicht besonders klug zu sein. Nur wer *kein* Narr ist, weiß, dass er einer ist.«

»So iss doch, meine Schöne«, forderte das Ungeheuer sie auf, »und versuche, dich in deinem Heim nicht zu langweilen, denn all dies ist deins und ich würde mich grämen, wenn nicht alles zu deiner Zufriedenheit wäre.«

»Du hast ein sehr gutes Herz«, sagte die Schöne, »davon bin ich fest überzeugt. Und je mehr ich darüber nachdenke, desto weniger hässlich kommst du mir vor.«

»Oh, Herrin, ja!«, erwiderte das Tier, »ich habe ein gutes Herz, aber ich bin ein Ungeheuer.«

»Es gibt viele Männer, die mehr ein Ungeheuer sind als du«, entgegnete die Schöne, »und ich mag dich lieber in deiner Gestalt als die, welche hinter ihrer Menschengestalt ein falsches, verdorbenes und undankbares Herz verbergen.«

»Wenn ich geistreich und witzig wäre«, sagte das Tier, »würde ich dir zum Dank ein riesiges Kompliment machen, aber ich bin dumm und alles, was ich sagen kann, ist, dass ich dir sehr verbunden bin.«

Die Schöne aß mit gutem Appetit. Sie empfand fast keinerlei Furcht mehr vor dem Ungeheuer und doch wäre sie fast vor Entsetzen gestorben, als es zu ihr sagte: »Schöne, willst du meine Frau werden?« Eine Zeit lang wusste sie nicht, was sie antworten sollte. Sie hatte Angst, den Zorn des Ungeheuers zu erregen, wenn sie ablehnte, aber dann sagte sie doch mit zitternder Stimme: »Nein, Tier!«

Da seufzte das arme Ungeheuer so abgrundtief und entsetzlich, dass das gesamte Schloss davon widerhallte. Dann verließ es mit den Worten »Adieu, meine Schöne« traurig den Raum, nicht ohne sich immer wieder umzudrehen, um sie noch einmal anzuschauen. Als die Schöne allein war, fühlte sie tiefes Mitleid mit dem armen Tier. »Ach«, sagte sie, »wie schade, dass es so hässlich ist, es hat ein solch gutes Herz.«

Die Schöne verbrachte drei ruhige Monate im Schloss. Jeden Abend stattete ihr das Tier seinen Besuch ab und unterhielt sie beim Abendessen auf vernünftige, aber nicht, wie man das in der Welt zu nennen pflegt, auf geistreiche und witzige Weise. Jeden Tag entdeckte die Schöne neue gute Seiten an dem Ungeheuer. Sie hatte sich an sein hässliches Aussehen gewöhnt und weit davon entfernt, den Augenblick seines Besuchs zu fürchten, schaute sie häufig auf die Uhr, um zu sehen, ob es nicht bald neun Uhr sei, denn das war die Stunde, zu der das Ungeheuer regelmäßig erschien. Es gab nur eines, was der Schönen Kummer machte. Denn bevor das Ungeheuer sich zurückzog, fragte es beharrlich, ob sie seine Frau werden wolle, und wenn sie dies ablehnte, schien es stets von tiefem Schmerz durchdrungen. Eines Tages sagte sie: »Du quälst mich, Tier. Ich wünschte, ich könnte dich heiraten, aber ich bin zu aufrichtig, als dass ich dich glauben machen könnte, dass dies jemals geschehen könnte. Ich werde immer deine Freundin sein, versuch doch, dich damit zufriedenzugeben.«

»Das muss ich wohl«, erwiderte das Tier, »ich will ehrlich mit mir sein, ich weiß, dass mein Anblick entsetzlich ist, aber ich liebe dich sehr. Dennoch bin ich nur zu glücklich, dass du gern hierbleiben willst. Versprich mir, dass du mich niemals verlassen wirst.«

Bei diesen Worten errötete die Schöne. Sie hatte in ihrem

Spiegel gesehen, dass ihr Vater aus Kummer über ihren Verlust krank geworden war und sie hätte ihn gern wiedergesehen. »Ich will dir versprechen«, sagte sie, »dass ich dich niemals ganz verlassen werde, aber ich sehne mich so sehr, meinen Vater wiederzusehen, dass ich vor Schmerz vergehen würde, wenn du mir diese Freude nicht gestattest.«

»Ich würde lieber selbst sterben, als dir Leid zu bereiten«, sagte das Ungeheuer. »Ich werde dich zu deinem Vater schicken, du wirst bei ihm bleiben und dein Tier wird vor Kummer sterben.« – »Nein«, sagte die Schöne weinend, »ich liebe dich zu sehr, als dass ich schuld sein möchte an deinem Tod. Ich verspreche dir, dass ich in acht Tagen zurückkehren werde. Du hast mich sehen lassen, dass meine Schwestern verheiratet sind. Mein Vater ist ganz allein; lass mich doch eine Woche mit ihm verbringen.« – »Du wirst morgen früh dort sein«, sagte das Tier, »aber erinnere dich an dein Versprechen. Du brauchst nur beim Schlafengehen deinen Ring auf den Tisch zu legen, wenn du zurückkommen willst. Adieu, meine Schöne!«

Das Tier seufzte wie gewöhnlich, während es dies sagte, und die Schöne ging tief betrübt zu Bett, weil sie ihm Kummer bereitet hatte. Am Morgen wachte sie auf und fand sich im Hause ihres Vaters. Als sie eine kleine Glocke läutete, die neben ihrem Bett stand, erschien ein Dienstmädchen, das bei ihrem Anblick einen lauten Schrei ausstieß. Auf diesen Schrei hin lief ihr Vater herbei und wäre fast gestorben vor Freude, seine Tochter zu sehen. Mehr als eine Viertelstunde lang lagen sie sich in den Armen. Nachdem die erste Freude verflogen war, sorgte sich die

Schöne, sie hätte nichts anzuziehen. Das Dienstmädchen aber sagte, es habe im Zimmer nebenan eine große Truhe mit Kleidern gefunden, ganz aus Gold und mit Diamanten besetzt. Da dankte die Schöne dem Tier für seine Aufmerksamkeit. Sie wählte das am wenigsten kostbare Kleid. Die anderen wollte sie ihren Schwestern schenken. Aber kaum hatte sie dies verlauten lassen, da war die Truhe verschwunden. Der Vater meinte, das Tier habe die Kleider wohl nur für sie alleine bestimmt, und sogleich stand die Truhe mit ihrem kostbaren Inhalt wieder auf dem früheren Platz. Die Schöne kleidete sich an. Währenddessen kamen ihre Schwestern, die man benachrichtigt hatte, mit ihren Ehemännern herbeigeeilt. Beide waren in ihrer Ehe sehr unglücklich. Die ältere hatte einen Edelmann schön wie Amor selbst geheiratet. Der aber war so verliebt in seine eigene Gestalt, dass er von Morgen bis Abend damit beschäftigt war und kein Auge für die Schönheit seiner Frau hatte. Die zweite hatte einen Mann von Geist und Witz geheiratet. Aber er benutzte diesen Witz nur, um die ganze Welt gegen sich aufzubringen, an allererster Stelle seine Frau. Die Schwestern vergingen fast vor Neid, als sie die Schöne da stehen sahen, gekleidet wie eine Prinzessin und schön wie der Tag. Sie mochte die beiden umarmen, nichts konnte ihre Eifersucht besänftigen. Sie wuchs sogar noch, als sie hörten, wie glücklich ihre Schwester war. Die beiden gingen hinab in den Garten, um sich ihren Kummer von der Seele zu weinen, und sagten: »Warum ist diese kleine Kreatur glücklicher, als wir es sind? Sind wir nicht viel liebenswerter als sie?«

»Schwester«, sagte die ältere, »mir kommt da ein Gedanke. Versuchen wir doch, sie länger als acht Tage hier zu behalten. Das dumme Tier wird zornig sein, wenn sie ihr Versprechen nicht hält, und wird sie vielleicht verschlingen.«

»Du hast recht, Schwester«, entgegnete die andere. »Dazu müssen wir ihr aber vorspielen, dass wir sie sehr lieb haben.«

Als sie diesen Beschluss gefasst hatten, gingen sie wieder hinein und überschütteten die Schwester mit so vielen Zeichen der Liebe, dass die Schöne vor Freude weinte. Als die acht Tage vorüber waren, rauften sich die Schwestern die Haare und taten so betrübt über ihre Abreise, dass sie versprach, noch acht Tage zu bleiben.

Und doch machte sich die Schöne Vorwürfe wegen des Kummers, den sie dem Tier bereiten würde. Sie liebte es doch von ganzem Herzen und sehnte sich nach seiner Gegenwart. In der zehnten Nacht, die sie im Vaterhaus verbrachte, sah sie im Traum das Tier sterbend im Garten des Schlosses liegen, bittere Vorwürfe auf den Lippen, weil sie so undankbar gewesen war. Da schreckte sie hoch und vergoss Tränen. »Bin ich nicht durch und durch schlecht«, sagte sie, »dass ich einem Tier Kummer bereite, das so gütig zu mir ist? Ist es denn sein Fehler, wenn es so hässlich ist und so wenig Witz hat. Es ist gut, und das ist doch viel mehr wert als alles andere. Warum habe ich es nur nicht heiraten wollen? Ich werde mit ihm doch viel glücklicher werden als meine Schwestern mit ihren Ehemännern. Es sind doch nicht die Schönheit und der Witz eines Mannes, die eine Frau zufrieden machen. Es sind der gute Charakter, die Tugend, die Güte: Und diese guten Eigenschaften hat das Tier alle. Ich liebe es nicht, aber ich achte es, es ist mein Freund. Ich darf es nicht unglücklich machen. Ich würde mir ein Leben lang Vorwürfe machen wegen meiner Undankbarkeit.«

Bei diesen Worten erhob sich die Schöne, legte den Ring auf den Tisch und ging wieder in ihr Bett, wo sie sogleich einschlief. Als sie am Morgen aufstand, sah sie zu ihrer Freude, dass sie im Schloss des Tieres war. Sie kleidete sich kostbar, um ihm zu gefallen, und langweilte sich dann den ganzen Tag zu Tode, weil sie es nicht erwarten konnte, dass es endlich neun Uhr abends wurde. Aber die Uhr schlug und kein Tier ließ sich sehen. Da bekam die Schöne Angst, sie hätte es in den Tod getrieben. Sie lief laut rufend durch das Schloss, sie war verzweifelt. Als sie überall gesucht hatte, erinnerte sie sich an ihren Traum und lief in den Garten. Dort fand sie das arme Tier, ohne Bewusstsein, und sie glaubte, es sei tot. Sie warf sich über es ohne Abscheu vor seinem Körper. Und als sie spürte, dass sein Herz noch schlug, holte sie etwas Wasser und goss es ihm über den Kopf.

Das Tier öffnete die Augen und sagte zu der Schönen: »Du hast dein Versprechen vergessen: Aus Kummer darüber, dich verloren zu haben, hatte ich beschlossen, mich zu Tode zu hungern. Aber ich sterbe zufrieden, da ich die Freude habe, dich noch einmal zu sehen.«

»Nein, mein liebes Tier, du wirst nicht sterben«, sagte da die Schöne, »du wirst leben, um mein Mann zu sein. Hier, ich gebe dir gleich jetzt meine Hand und ich schwöre, ich will nirgends anders sein als bei dir. Ach, ich glaubte, ich empfände nur Freundschaft für dich, aber der Schmerz, den ich spüre, hat mich erkennen lassen, dass ich nicht ohne dich leben kann.« Kaum hatte die Schöne diese Worte gesprochen, da sah sie, wie alle Lichter im Schloss aufflammten. Feuerwerk und Musik kündeten von einem großen Fest. Aber all diese Herrlichkeiten vermochten ihre Augen nicht zu fesseln. Sie wandte sich um zu ihrem lieben Tier, dessen Zustand sie mit Sorge erfüllte. Aber wer beschreibt ihr Erstaunen, als das Tier verschwunden war? Ihr zu Füßen lag ein Prinz, schön wie Amor, der ihr dankte, dass sie ihn erlöst hatte. Obgleich nun dieser Prinz all ihre Aufmerksamkeit verdiente, konnte sie nicht umhin, ihn zu fragen, wo denn das Tier geblieben sei.

»Du siehst es zu deinen Füßen«, sprach der Prinz zu ihr. »Eine böse Fee hatte mich verwünscht. Ich sollte in dieser Gestalt leben, bis ein schönes Mädchen bereit sein würde mich zu heiraten. Und sie hatte mir verboten, mich geistreich und witzig zu zeigen. Du allein auf der Welt hast dich einzig von meinem guten Wesen rühren lassen. Ich biete dir meine Krone an und werde doch immer in deiner Schuld stehen.«

Die Schöne war angenehm überrascht. Sie reichte dem schönen Prinzen die Hand, um ihm bei Aufstehen zu helfen. Gemeinsam gingen sie ins Schloss und die Schöne war vor Freude ganz außer sich, als sie hier ihren Vater und ihre ganze Familie fand. Die schöne Dame, die ihr seinerzeit im Traum erschienen war, als sie sich entschlossen hatte, ihr Leben für den Vater zu opfern, hatte sie hierher gebracht.

»Schöne«, sagte diese Dame, die eine große Fee war, zu ihr, »jetzt sollst du die Belohnung für deine gute Wahl empfangen. Du wirst eine große Königin werden. Ich hoffe, dass der Thron deine Tugenden nicht verdirbt. Ihr aber, meine Damen«, wandte sich die Fee den Schwestern der Schönen zu, »ich kenne euer Herz und die Bosheit, die darin eingeschlossen ist. Ihr sollt zwei Statuen werden, aber in dem Stein, der euch umhüllen wird, sollt ihr euren Verstand behalten und Zeugen ihres Glücks werden. Ihr werdet eure alte Gestalt nicht wiedergewinnen, es sei denn, ihr erkennt eure Fehler. Ich fürchte aber, dass ihr auf ewig Statuen bleiben werdet. Man kann sich zwar von Hochmut, Jähzorn, Gefräßigkeit oder Faulheit freimachen, aber die Verwandlung eines böswilligen und neidischen Herzens käme einem Wunder gleich.«

In diesem Moment tat die Fee einen Schlag mit ihrem Zauberstab und im Handumdrehen fanden sich alle, die im Saale waren, in das Königreich des Prinzen versetzt. Hier begrüßten die Untertanen ihn mit großer Freude. Er heiratete die Schöne und sie lebten lange in vollkommenem Glück miteinander.

Madame Leprince de Beaumont
(übersetzt und bearbeitet von Friedrich Stephan)

Jack und die Kletterbohne

England

Es war einmal eine arme Witwe, die lebte mit ihrem Sohn Jack in einem kleinen Haus. Alles, was sie besaßen, war eine Milchkuh. Als diese aufhörte, Milch zu geben, schickte die Mutter Jack mit ihr auf den Markt, wo er sie verkaufen sollte. Auf dem Weg dorthin traf Jack einen Fremden.

»Ich biete dir fünf Zauberbohnen im Tausch für deine Kuh an«, sagte der Fremde. Jack zögerte ein wenig, aber dann schien ihm das Angebot doch so verlockend, dass er es annahm. Als er nach Hause kam, war seine Mutter außer sich vor Zorn und machte ihm heftige Vorwürfe:

»Du Dummkopf! Was hast du nur getan? Wir hatten das Geld bitter nötig, um ein Kalb zu kaufen. Jetzt sind wir noch ärmer als zuvor. Nur ein vollkommener Narr kann eine Kuh gegen fünf Bohnen austauschen!«

Mit diesen Worten nahm sie die Bohnen und warf sie aus dem Fenster. Jack musste ohne Abendessen zu Bett gehen.

Aber als er am nächsten Morgen vor die Tür der Hütte trat, bot sich ihm ein erstaunlicher Anblick. Da war über Nacht eine riesige Bohnenranke gewachsen, die hoch in die Wolken hineinragte.

»Dann waren es doch Zauberbohnen«, freute sich Jack. Neugierig, wie er war, kletterte der Junge den Bohnenstängel hinauf, und als er dessen Spitze erreichte, befand er sich über den Wolken. Jack schaute sich verwundert um und bemerkte ein großes Schloss aus grauem Stein.

Wer mag da wohl wohnen, dachte Jack, das möchte ich nur zu gern herausfinden.

Vorsichtig betrat er die Wolke, und als diese ihn sicher hielt, machte er sich auf den Weg und stand bald vor dem riesigen Schlosstor. Er klopfte mehrmals, aber niemand öffnete. Da drückte er einfach mit aller Macht gegen das Tor und merkte, dass es gar nicht verschlossen war. Es öffnete sich mit lautem Krächzen.

»Was machst du denn hier?«, fragte eine donnernde Stimme. Vor ihm stand die größte Frau, die Jack je gesehen hatte, und blickte ihn zornig an. Jack verschlug es fast die Stimme.

»Ich habe mich verirrt. Kann ich etwas zu essen haben, ich bin sehr hungrig.« Die Frau, die keine Kinder hatte, blickte ihn jetzt etwas freundlicher an.

»Komm rein, aber schnell. Ich werde dir eine Schale Milch geben. Aber sieh dich vor! Mein Mann ist ein Ungeheuer und er frisst kleine Kinder. Wenn du ihn kommen hörst, musst du dich sofort verstecken.«

Jack zitterte vor Furcht, aber er ging doch mit hinein. Die Milch, welche die Frau ihm gab, schmeckte sehr gut. Er hatte sie fast ausgetrunken, als er ein schreckliches Gepolter hörte. Das Ungeheuer war nach Hause gekommen und er brüllte:

»Firle-Fanze-Funze-fein,
das muss ein kleines Menschlein sein.
Sei es lebendig oder tot,
ich schmier es mir aufs Butterbrot.«

»Schnell, versteck dich«, flüsterte die Frau und schob Jack in die Ofenröhre.

»Rieche ich nicht ein Kind in diesem Raum?«, fragte das Ungeheuer misstrauisch und schaute sich überall um.

»Ein Kind?«, wiederholte die Frau. »Du siehst und hörst doch überall Kinder. Du denkst ja an nichts anderes. Setz dich, ich mach dir dein Essen.«

Der Riese füllte sich brummend einen Krug voll Wein und leerte ihn beim Essen bis auf den letzten Tropfen. Dann zählte er mehrfach die Goldstücke in seiner Schatztruhe. Dabei schlief er ein, die Füße auf dem Tisch und so laut schnarchend, dass das ganze Schloss davon widerhallte.

Die Frau des Riesen ging unterdessen, um das Bett für ihren Mann aufzudecken. Da kam Jack aus seiner Ofenröhre, sah die Goldstücke auf dem Tisch liegen und füllte sich einen kleinen Beutel voll davon.

Ich hoffe, er sieht mich nicht, dachte Jack, sonst verzehrt er mich mit Haut und Haaren. Sein Herz schlug ihm bis zum Hals, nicht nur weil er sich fürchtete, sondern auch weil er so aufgeregt war bei dem Gedanken, dass er und seine Mutter jetzt reich sein würden. So rasch er konnte, rannte er über die Wolken zu seinem Bohnenstängel und kletterte dann hinunter. Unten erwartete ihn seine Mutter. Die war halb tot vor Sorge wegen seines Verschwindens und wegen der riesigen Bohnenpflanze, die da auf einmal vor ihrem Haus stand. Als sie Jack herunterklettern sah, brach sie in Tränen aus:

»Wo warst du nur, mein Sohn? Willst du, dass ich vor Angst sterbe? Was ist das für eine Pflanze? Was …?«

Aber Jack unterbrach sie fröhlich und leerte den Inhalt seiner Tasche vor ihr aus.

»Da siehst du, wie gut es war, Mutter, dass ich die Kuh für die Zauberbohnen eingetauscht habe. Ich will dir alles erzählen.« Und das tat er dann in allen Einzelheiten. In den Tagen darauf statteten Jack und seine Mutter die armselige Hütte mit allem aus, was zu einem angenehmen Leben gehört und was sie sich nie hatten leisten können. Beide waren glücklich. Aber so wie die Zeit verging, verging auch das Geld. Als sie das letzte Goldstück ausgegeben hatten, entschloss sich Jack, erneut das Schloss über den Wolken aufzusuchen. Dieses Mal kletterte er durch ein Küchenfenster hinein und versteckte sich wieder im Ofenrohr. Bald darauf kam das Ungeheuer hinein und schnüffelte überall herum.

»Ich rieche Kinder«, sagte er zu seiner Frau. Aber da sie kein Kind hatte hereinkommen sehen, nahm sie ihn nicht ernst. Nach dem Essen setzte das Ungeheuer eine Henne auf den Tisch. Diese Henne legte goldene Eier. Jack sah das

Wundertier durch einen Spalt in der Ofentür. Er wartete, bis der Riese eingeschlafen war, sprang aus dem Ofen, griff sich die Henne und rannte aus dem Schloss. Aber das Gegacker der Henne weckte den Riesen auf.

»Haltet den Dieb!«, schrie er. Aber Jack war schon weit weg. Wieder stand seine Mutter unten an der Bohnenpflanze und wartete auf ihn.

»Ist das alles, was du mitbringst? Eine Henne?«, fragte sie enttäuscht. Aber Jack sagte nur:

»Wart's nur ab!« Und wirklich dauerte es nicht lange und da hatte die Henne ein goldenes Ei gelegt, und das tat sie nun Tag für Tag.

Jack und seine Mutter waren jetzt richtig reich. Sie ließen ihr Haus von Grund auf renovieren und umbauen. Sie hatten jetzt mehr Platz und sogar prachtvolle Marmorsäulen. Sie kauften Gemälde, Wandbehänge, Teppiche, Spiegel und viele schöne Möbel. Fast konnte man von einem Palast sprechen.

Aber Jack und seine Mutter hatten nicht vergessen, wie arm sie einst gewesen war. Bei ihnen fand jeder, der bedürftig war, Nahrung und Unterkunft. Doch Reichtum bringt nicht nur Glück. Jacks Mutter wurde plötzlich sehr krank, ohne dass einer der vielen Doktoren, die sie heranzogen, sagen konnte, was dies für eine Krankheit war. Die Frau war traurig, aß immer weniger und zeigte kein Interesse mehr am Leben. Niemand konnte sie aufmuntern.

Jack war verzweifelt. All das Gold reichte nicht aus, um seiner Mutter zu helfen.

Und was wäre, dachte er, wenn ich noch einmal zum

Riesenschloss hinaufkletterte? Vielleicht finde ich ja dort ein Heilmittel? Zwar packte ihn die Furcht, wenn er an den Riesen dachte, aber er wollte allen Gefahren trotzen, wenn er nur seiner Mutter helfen konnte. So kletterte er noch einmal die Bohne hinauf und gelangte auch glücklich wieder durch ein Fenster in die Küche. Hier versteckte er sich bis zum folgenden Tag in einem der riesigen Kochtöpfe. Wieder glaubte der Riese, Menschenfleisch in der Küche zu riechen, aber wieder fand er nichts. Da machte er sich über sein Essen her und holte dann seine goldene Zauberharfe hervor. Diese spielte ganz von selbst und über dem wunderschönen Klang schlief der Riese ein. Auch Jack in seinem Versteck war ganz verzaubert vom Lied der Harfe. Als er endlich den Riesen laut schnarchen hörte, hob er den Deckel des Topfes an, kletterte hinaus und auf den Tisch, griff sich die Harfe und rannte davon, so schnell er konnte.

Aber das Instrument schrie:

»Herr und Meister! Wacht auf! Ich werde gestohlen!«

Der Riese fuhr hoch, wusste für einige Augenblicke nicht, wo er war, begriff dann aber, was geschehen war, und jagte hinter Jack her. Der Junge rannte, was er konnte, und die Harfe hörte nicht auf zu schreien.

»Sei doch still! Sei doch still!«, rief Jack immer wieder atemlos, »wenn du für mich singst, wirst du viel glücklicher.« Endlich erreichte er die obersten Blätter seiner Bohne und begann, sich möglichst geräuschlos hinabzulassen. Auch die Harfe war jetzt still und der Riese wusste nicht, wo der Junge abgeblieben war. Unten angekommen, rief Jack nach seiner Mutter.

»Schau nur, was ich dir mitgebracht habe!« Da begann die Harfe, eine entzückende Weise zu spielen, und Jacks Mutter lächelte glücklich.

Aber oben in den Wolken war noch jemand, der die Harfe spielen hörte, und Jack bemerkte voll Entsetzen, dass der dicke Bohnenstängel unter einem sehr schweren Gewicht erzitterte. Der Riese war dabei herunterzuklettern.

»Versteck die Harfe und bring mir eine Axt!«, sagte Jack zu seiner Mutter. »Ich muss die Pflanze abhacken, bevor das Ungeheuer unten ist.« Schon konnten sie die riesigen Stiefel sehen, als die Pflanze und der Riese mit ihr endlich zu Boden krachten. Der Riese stürzte über eine Klippe ins Meer. Die Frau des Riesen fand nie heraus, was mit ihrem Mann geschehen war, und Jack wurde von Tag zu Tag zuversichtlicher, dass die Gefahr vorüber war.

Die Zauberweisen der Harfe vertrieben die Traurigkeit der Mutter und sie war wieder fröhlich und glücklich. Die Henne legte auch weiterhin goldene Eier. Und wenn sie nicht gestorben ist, dann tut sie das noch heute.

(Nach einer englischen Fassung von Jack and the Beanstalk, übersetzt und bearbeitet von Friedrich Stephan)

Die drei kleinen Schweinchen

England

Es waren einmal drei kleine Schweinchen. Ihre Mutter hatte sie sehr gut erzogen, aber sie hatte nicht genug für sie zum Essen. Darum sagte sie, sie sollten in die Welt hinausziehen, um ihr Glück zu machen.

Das älteste Schweinchen ging zuerst, und wie es so auf der Straße dahintrottete, traf es auf einen Mann, der ein Strohbündel trug. Da sagte es, wohlerzogen, wie es war, höflich:

»Könnten Sie mir vielleicht Ihr Stroh geben, edler Herr? Ich will mir ein Haus daraus bauen.«

Und weil der Mann sah, was für gute Manieren das Schweinchen hatte, gab er ihm das Stroh und das kleine Schweinchen machte sich an die Arbeit und baute sich daraus ein wunderschönes Haus. Als es damit fertig war, kam zufällig der Wolf des Weges, sah das Haus und roch den Schweinebraten.

Also klopfte er an die Tür und sagte:

»Kleines Schwein! Kleines Schwein! Lass mich ein! Lass mich ein!«

Aber das kleine Schweinchen sah durchs Schlüsselloch die großen Pfoten des Wolfs und antwortete:

»Nein! Nein! Nein! Bei meinem Bart, es soll nicht sein!«

Da fletschte der Wolf die Zähne und sagte:

»Dann hust ich und pust ich und blas dir dein Haus ein!«

Da hustete er und pustete er und blies das Haus ein. Dann fraß er das kleine Schweinchen und ging seiner Wege.

Als nun das zweite Schweinchen aufbrach, traf es unterwegs einen Mann, der ein Bündel stachliger Ginsterzweige trug. Also sagte es, wohlerzogen, wie es war, höflich:

»Könnten Sie mir vielleicht Ihre Ginsterzweige geben, edler Herr? Ich will mir ein Haus daraus bauen.«

Und weil der Mann sah, was für gute Manieren das Schweinchen hatte, gab er ihm die Ginsterzweige und das kleine Schweinchen machte sich an die Arbeit und baute sich daraus ein wunderschönes Haus.

Als es damit fertig war, kam wieder zufällig der Wolf des Weges, sah das Haus und roch den Schweinebraten.

Also klopfte er an die Tür und sagte:

»Kleines Schwein! Kleines Schwein! Lass mich ein! Lass mich ein.«

Aber das kleine Schweinchen sah durchs Schlüsselloch die großen

Ohren des Wolfs und antwortete:

»Nein! Nein! Nein! Bei meinem Bart, es soll nicht sein!«

Da fletschte der Wolf die Zähne und sagte:

»Dann hust ich und pust ich und blas dir dein Haus ein!«

Da hustete er und pustete er und blies das Haus ein. Dann fraß er das kleine Schweinchen und ging seiner Wege.

Das dritte Schweinchen traf, als es sich auf den Weg machte, einen Mann, der eine Ladung Ziegelsteine trug. Also sagte es, wohlerzogen, wie es war, höflich:

»Könnten Sie mir vielleicht diese Ziegelsteine geben, edler Herr? Ich will mir ein Haus daraus bauen.«

Und weil der Mann sah, was für ein gut erzogenes Schweinchen er vor sich hatte, gab er ihm die Ziegelsteine und das kleine Schweinchen machte sich an die Arbeit und baute sich daraus ein wunderschönes Haus.

Und wieder kam, als es damit fertig war, der Wolf vorbei, sah das Haus und roch den Schweinebraten.

Also klopfte er an die Tür und sagte:

»Kleines Schwein! Kleines Schwein! Lass mich ein! Lass mich ein!«

Aber das kleine Schweinchen sah durchs Schlüsselloch die großen Augen des Wolfs und antwortete:

»Nein! Nein! Nein! Bei meinem Bart, es soll nicht sein!«

Da fletschte der Wolf die Zähne und sagte:

»Dann hust ich und pust ich und blas dir dein Haus ein!«

Und dann hustete er und pustete und pustete und hustete und hustete und hustete und pustete und pustete, aber er konnte das Haus nicht einblasen. Endlich war er so außer Atem, dass er nicht mehr husten und pusten konnte. Also dachte er nach.

Dann sagte er:

»Kleines Schwein! Ich weiß ein Feld, da wachsen die schönsten Steckrüben.«

»Ach wirklich?«, erwiderte das kleine Schweinchen, »und wo soll das sein?«

»Ich zeig's dir«, sagte der Wolf. »Wenn du morgen früh um sechs bereit bist, komm ich dich abholen und dann gehen wir gemeinsam zum Feld von Bauer Schulte und holen uns Steckrüben zum Mittagessen.«

»Herzlichen Dank«, sagte das kleine Schweinchen, »ich werde um sechs bereit sein.«

Aber das kleine Schweinchen, weißt du, war nicht jemand, der sich von leerem Gerede beeindrucken lässt. Es stand schon um fünf Uhr auf, trottete zum Feld von Bauer Schulte, grub die Steckrüben aus und verzehrte sie zu Hause zum Frühstück, als der Wolf an der Tür rüttelte und rief:

»Kleines Schwein! Kleines Schwein! Bist du noch nicht fertig?« – »Ich fertig?«, erwiderte das kleine Schweinchen. »Was bist du doch für ein Faulpelz! Ich war schon auf dem Feld und genieße gerade einen Topf voll Rüben zum Frühstück.«

Da schäumte der Wolf vor Wut, aber er war wild entschlossen, das kleine Schweinchen zu fressen. Also tat er, als mache ihm das nichts aus, und sagte:

»Schön, dass sie dir schmecken; aber ich weiß noch etwas Besseres als Rüben.«

»Ach wirklich?«, erwiderte das kleine Schweinchen, »und was soll das sein?«

»Ein prachtvoller Apfelbaum und darauf die saftigsten und süßesten Äpfel, die du dir vorstellen kannst. Wenn du also um fünf morgen früh bereit bist, komme ich vorbei und dann können wir zusammen die Äpfel holen.«

»Herzlichen Dank!«, sagte das kleine Schweinchen. »Ich werde um Punkt fünf Uhr bereit sein.«

Am nächsten Morgen kroch es in aller Herrgottsfrühe aus den Federn. Es war noch nicht einmal vier Uhr, als es aufbrach, um die Äpfel zu holen. Der Wolf aber, weißt du, wollte sich nicht noch einmal an der Nase herumführen lassen, also brach er um vier Uhr auf. Das kleine Schwein hatte seinen Korb gerade einmal halb voll mit Äpfeln, als es den Wolf die Straße hinabkommen sah, wobei er sich die Lippen leckte.

»Hallo!«, sagte der Wolf. »Du bist schon da? Du bist wirklich ein Frühaufsteher. Sind die Äpfel gut?«

»Sehr gut«, sagte das kleine Schweinchen, »ich werfe dir mal einen rüber zum Probieren.«

Dabei warf es den Apfel fort, so weit es nur konnte. Wie nun der Wolf hinterherlief, um den Apfel aufzuheben, sprang das Schweinchen mit seinem Korb vom Baum hinunter und rannte nach Hause.

Der Wolf war natürlich wütend, aber am nächsten Tag ging er doch wieder zum Haus des kleinen Schweinchens und säuselte mit sanfter Stimme:

»Kleines Schwein! Kleines Schwein! Du bist ja so klug. Ich will dir ein Geschenk machen, heute Nachmittag auf der Kirmes.« – »Herzlichen Dank«, sagte das kleine Schweinchen, »wann wollen wir aufbrechen?«

»Genau um drei«, sagte der Wolf, »sieh nur zu, dass du fertig bist.«

»Ich werde vor drei fertig sein«, kicherte das kleine Schweinchen und machte sich sofort auf zur Kirmes. Hier fuhr es Karussell und schaukelte und hatte ganz viel Spaß und dann kaufte es sich selbst noch ein Geschenk: ein Butterfass. Damit trottete es dann lange vor drei Uhr nach Hause. Als es aber gerade die Höhe des Hügels erreicht hatte, wer keuchte von der anderen Seite mit wutverzerrtem Gesicht herauf? Der Wolf!

Weit und breit gab es kein anderes Versteck als das Butterfass. Das Schweinchen kroch also hinein und wollte gerade den Deckel über sich zuziehen, als das Fass sich in Bewegung setzte und begann, den Hügel hinabzurollen.

Das polterte und rumste und natürlich begann das kleine Schweinchen zu quieken. Als nun der Wolf den Krach hörte und das Butterfass auf sich zurollen sah mit Poltern und Rumsen, da bekam er es so fürchterlich mit der Angst zu tun, dass er Hals über Kopf davonrannte.

Aber er war immer noch fest entschlossen, das kleine Schwein zu fressen. Also ging er am nächsten Tag wieder zu dessen Haus und erklärte, wie traurig er sei, dass er sein Versprechen, mit Schweinchen auf die Kirmes zu gehen, nicht habe halten können, weil da so ein schreckliches, fürchterliches, abscheuliches Ding auf ihn zugerollt sei, das ein ganz entsetzliches Geräusch gemacht habe.

»Ach Gott!«, sagte das kleine Schweinchen, »das muss ich gewesen sein! Ich hatte mich in dem Butterfass versteckt, als ich dich kommen sah, und dann ist es losgerollt. Tut mir leid, wenn ich dir Angst gemacht habe.«

Das war zu viel. Außer sich vor Wut schwor der Wolf, er

würde jetzt durch den Kamin ins Haus kommen und das kleine Schwein zum Abendessen verzehren. Während er aber aufs Dach kletterte, entfachte das kleine Schweinchen ein mächtiges Feuer und stellte einen großen Topf Wasser zum Kochen darauf. Dann nahm es, als der Wolf sich gerade durch den Kamin hinunterließ, den Deckel vom Topf, und plumps!, fiel der Wolf in das siedende Wasser.

Da legte das kleine Schweinchen den Deckel wieder auf, kochte den Wolf und verzehrte *ihn* zum Abendessen.

(Nach einer Fassung von Flora Annie Steel, frei übersetzt von Friedrich Stephan)

Fanta Giro mit dem lieben Gesicht

Italien

Es war einmal und es ist schon lange, lange her, ein König, der hatte drei schöne Töchter. Die erste hieß Karolina, die zweite Assuntina und die dritte Fanta Giro mit dem lieben Gesicht, weil sie von allen dreien die schönste war.

Diesen König nun quälte ein böses Leiden, das keiner zu heilen wusste. Deshalb blieb der König in seinem Gemach. Darin standen drei Sessel. Jeden Tag, wenn seine Töchter kamen, ihm einen guten Morgen zu wünschen, galt ihr erster Blick dem Sessel, auf dem der König saß, denn der blaue bedeutete Freude, der schwarze Trauer und der rote Krieg.

Eines Tages, als die Prinzessinnen in die Kammer traten, saß der König auf dem roten Sessel.

»Was ist geschehen, lieber Vater?«, fragte die älteste.

»Der König des Nachbarreiches hat einen Boten geschickt und uns den Krieg erklärt«, antwortete der König, »und ich weiß nicht, was ich tun soll. Ich selbst bin zu krank, um in den Krieg ziehen zu können. Wer soll mein Heer führen, da ich doch keinen Sohn habe?«

»Ich werde dein Heerführer sein«, sagte die älteste Tochter. »Du wirst mit mir zufrieden sein.«

»Nein, das ist doch nichts für eine Frau«, sagte der alte König. »So prüfe mich«, bat die älteste Tochter.

»Nun gut, du sollst deinen Willen haben«, gab der König schließlich nach. »Aber wenn du unterwegs an etwas Weibliches denkst, musst du sofort zurückkehren.«

Dann ließ der König seinen treuen Diener rufen und befahl ihm, mit der Prinzessin in den Krieg zu ziehen. Sollte die Prinzessin aber unterwegs an etwas Weibliches denken, müsse er sie sofort mit dem ganzen Heer zurückführen.

Und so zogen sie in den Krieg, an der Spitze die Prinzessin und an ihrer Seite der treue Diener.

Als sie bereits ein Stück Wegs zurückgelegt hatten, tauchte vor ihnen eine weite Schilffläche auf.

»Oh, das schöne Rohr, was gäbe das für schöne Spindeln!«, rief die Prinzessin.

»Nach Hause, Prinzessin! Du hast an Spindeln gedacht.«

Am nächsten Tag trat die zweite Tochter vor den König und sagte, dass nun sie an der Reihe wäre, das Heer zu führen, und bat und bettelte so lange, bis es ihr der König erlaubte. Er stellte ihr aber dieselbe Bedingung.

Auch die zweite Tochter kam nicht weit. Als sie zu dem Schilfrohr kamen, gab sie zwar keinen Mucks von sich, aber dann zogen sie durch ein Wäldchen mit lauter schönen, kerzengerade gewachsenen Bäumen. Da hielt sie es nicht länger aus und seufzte:

»Ach, diese schönen, geraden Stämme, was für herrliche Spinnrocken man daraus machen könnte!«

»Nach Hause, Prinzessin!«, rief der treue Diener. »Du hast an Spinnrocken gedacht.«

Am dritten Tag erschien Fanta Giro vor dem König und bat ihn sehr, nun sie in den Krieg ziehen zu lassen.

»Du bist noch viel zu jung! Wenn deine beiden älteren Schwestern nichts ausgerichtet haben, wird es dir auch nicht glücken«, wehrte der König.

»So versuch es doch wenigstens mit mir, Vater, es kostet doch nichts«, bat Fanta Giro. »Du wirst sehen, dass ich dir keine Schande machen werde. Bitte, erlaube es mir!«

Da sagte sich der König, dass er es ja auch mit ihr versuchen könne, und gab dem Diener dieselben Anweisungen wie zuvor. Fanta Giro zog sich eine Rüstung über und nahm ein Schwert und eine Pistole, sodass sie wie ein richtiger Kürassier aussah. Dann zogen sie los. Sie kamen bei dem Schilfrohr vorbei, durchquerten das Wäldchen und hatten schon die Grenzen des Reiches erreicht und Fanta Giro hatte immer noch nichts gesagt. Sie war ein richtiger Heerführer.

An der Grenze entschied sich Fanta Giro, dass sie zuerst einmal mit dem feindlichen König sprechen wolle. Das war ein schöner Jüngling und er gefiel Fanta Giro auf den ersten Blick. Der König fand auch sogleich Gefallen an dem jungen Heerführer, und weil er ein schlauer Fuchs war, merkte er gleich, dass er da keinen Jüngling, sondern eine Prinzessin vor sich hatte. Da er gern Gewissheit erlangen wollte, lud er Fanta Giro in seinen Palast ein, unter dem Vorwand, dass sie erst einmal über den Krieg sprechen müssten. Sobald er aber mit Fanta Giro im Palast angekommen war, lief er schnell zu seiner Mutter und sagte ihr, wen er als Besuch mitgebracht habe:

»Es ist Fanta Giro mit dem lieben Gesicht,
sternengleich strahlt in seinen Augen das Licht.
Doch scheint es kein Prinz, das ist sicherlich wahr,
sondern eine Prinzessin mit goldenem Haar.«

»So prüfe ihn doch«, sagte die Mutter. »Führe ihn in die Rüstkammer. Wenn es ein Mädchen ist, wird es die Waffen nicht berühren. Ist es aber ein Jüngling, dann wird er sicher jede Waffe aufnehmen und prüfen.«

Der König folgte sofort diesem Rat, aber Fanta Giro war klug. Sie prüfte alle Schwerter und schoss aus allen Gewehren und Pistolen wie ein richtiger Mann. Der König ging wieder zu seiner Mutter und sagte: »Er geht mit den Waffen um wie ein richtiger Mann.

Es ist Fanta Giro mit dem lieben Gesicht,
sternengleich strahlt in seinen Augen das Licht.
Doch scheint es kein Prinz, das ist sicherlich wahr,
sondern eine Prinzessin mit goldenem Haar.«

»So führe ihn doch in den Garten«, sagte die Mutter. »Wenn es ein Mädchen ist, pflückt sie eine Rose. Ist es ein Mann, bleibt er beim Jasminstrauch stehen und steckt sich ein Zweiglein hinter das Ohr.«

Der König ging also mit Fanta Giro im Garten spazieren, aber Fanta Giro war schlau: Sie brach ein Zweiglein Jasmin ab. Der König kehrte zu seiner Mutter zurück und sagte:

»Sie pflückt Jasmin wie ein Mann.

Es ist Fanta Giro mit dem lieben Gesicht,
sternengleich strahlt in seinen Augen das Licht.
Doch scheint es kein Prinz, das ist sicherlich wahr,
sondern eine Prinzessin mit goldenem Haar.«

Als die Mutter sah, dass sich ihr Sohn in Liebe verzehrte, sagte sie: »So prüfe ihn noch ein letztes Mal. Sage ihm, er solle heute Mittag mit dir im See baden. Ist es ein Mädchen, wird es nicht kommen.«

Der König lud Fanta Giro ein, mit ihm baden zu gehen, aber Fanta Giro war klug und sagte:

»Das kommt mir sehr gelegen. Ich habe schon lange nicht mehr gebadet. Aber erst morgen.«

Und gleich darauf rief sie den treuen Diener zu sich und befahl ihm, sich sofort auf ein Pferd zu setzen und ihrem Vater einen Brief zu überbringen. Darin bat sie den Vater, mit dem schnellsten Dragoner Nachricht zu schicken, dass er todkrank sei und vor seinem Tode noch einmal Fanta Giro sehen möchte.

Am nächsten Tag wartete der König bereits am See im Garten auf Fanta Giro. Kaum sah er sie in der Ferne auftauchen, warf er seine Kleider ab und sprang ins Wasser. Fanta Giro sagte jedoch:

»Ich bin ganz erhitzt und verschwitzt, jetzt kann ich noch nicht baden, ich muss mich erst etwas abkühlen.«

In Wirklichkeit wartete sie aber auf den Boten mit dem Brief. Da kam er auch schon. Noch ehe sie der König ein zweites Mal auffordern konnte, ins Wasser zu springen, erklang Pferdegetrappel und Fanta Giro rief:

»Ein Dragoner kommt herangeprescht! Das ist sicher eine Nachricht für mich!«

Und wirklich, der Reiter übergab Fanta Giro einen Brief. Fanta Giro öffnete ihn in großer Eile, und als sie zu Ende gelesen hatte, sagte sie zum König:

»Es tut mir leid, Hoheit, aber ich habe schlechte Nachrichten bekommen. Mein Vater liegt auf dem Sterbebett und will mich noch einmal sehen. Ich muss mich sofort auf den Weg machen. Wir wollen Frieden schließen, und wenn du Lust hast, kannst du mich in unserem Königreich besuchen.«

Was konnte der junge König tun? Er musste Fanta Giro entlassen, ohne zu wissen, ob sie wirklich eine Prinzessin war, und vor allem, ob sie ihn heiraten würde.

Aber Fanta Giro war klug, und ehe sie fortritt, ging sie in ihr Kämmerlein und legte ein Blatt Papier auf den Tisch auf dem stand:

»Ich bin Fanta Giro mit dem lieben Gesicht,
sternengleich strahlt in meinen Augen das Licht.
Als Mann verkleidet, weilte ich bei Euch,
doch Ihr erkanntet nicht meinen Streich!«

Und dann ritt sie fort.

Der junge König hatte Sehnsucht nach Fanta Giro. Er irrte in seinem Palast umher und zuletzt kam er auch in Fanta Giros Kammer. Da sah er auf dem Tisch ihren Brief liegen. Der König stürzte sich darauf, las ihn und lief dann schnurstracks zu seiner Mutter.

»Sieh nur, Mutter, ich wusste ja, dass Fanta Giro ein Mädchen ist. Hier schreibt sie es selbst!«

Und ehe die Mutter antworten konnte, ließ er einen Wagen einspannen, sprang hinein und fuhr im Galopp zu Fanta Giro.

Fanta Giro war inzwischen bei ihrem Vater angelangt und erzählte ihm, wie sie ihren Feind überlistet hatte. Kaum hatte sie zu Ende gesprochen, da erklang Wagengerassel auf dem Hof. Es war der Wagen mit dem von Liebe entbrannten König, der Fanta Giro nachgefahren war. Beide Könige schlossen Frieden und Fanta Giro heiratete den einstigen Feind. Dieser nahm sie mit in sein Reich, und als ihr Vater nach Jahren starb, wurde Fanta Giro Königin beider Königreiche.

nacherzählt von J. Vladislav,
bearbeitet von Friedrich Stephan

Barbara Bartos-Höppner

Till Eulenspiegel

Von allen Kinderbuchhelden blickt kaum einer auf ein so langes Leben zurück wie er: Till Eulenspiegel. Seine Streiche, mit denen er die Eingebildeten und die Eitlen an der Nase herumführt, sind im gesamten deutschen Sprachraum bekannt. Charmant und klug, mutig und unerschrocken hält er den Leuten den Spiegel vor. Und dabei ist er so witzig, dass auch die Kinder von heute ihren Spaß an seinen Geschichten haben.

Arena

Mit einem Vorwort von Moritz Netenjakob

104 Seiten • Gebunden
ISBN 978-3-401-60107-6
www.arena-verlag.de